TODAS AS MINHAS MORTES

TODA
MI
MOR

PAULA KLIEN

Para
Thomas e Bruno,
todas as minhas vidas.

PREFÁCIO
POR LUIZ ALBERTO PY

Em *Todas as minhas mortes*, através da protagonista Laví, Paula Klien presenteia a todos com uma experiência única, íntima, intensa e visceral. No âmbito de uma celebração da vida em sua plenitude, a autora convida o leitor a mergulhar em suas profundezas e a emergir transformado por novos horizontes e conceitos repensados.

Mas não é somente a vida – real, rica e complexa – destaque desta obra. Ou sequer o que sobressai na fala da protagonista – a humanidade de todos nós. E nem mesmo as mortes – superadas e ressignificadas pelo que foi colocado no papel. É também a mulher. *Todas as minhas mortes* é uma ode à glória de ser plenamente mulher.

Apesar de ser tão feminino, o texto não apresenta qualquer laivo de feminismo. Não há conflitos, queixas, recriminações ou disputas. O homem é recebido como parceiro e, como tal, valorizado, mesmo nas piores e mais difíceis situações. As diferenças de sexo se mostram sempre saudáveis – complementares, enriquecedoras e em total ausência de rivalidade. O acasalamento aparece como uma bênção da natureza.

Por trazer à tona questões sobre identidade, liberdade e poder, a autora também conduz o leitor a uma reavaliação das estruturas sociais e das narrativas dominantes.

Numa incrível aventura literária, contada com graça, arte e erudição, Paula Klien oferece uma miríade de imagens, metáforas e reflexões que enriquecem seu texto – bem elaborado e certeiro. Em tom confessional, a autora apaga a fronteira entre a vida e a ficção, enquanto mescla vivências reais com imaginárias.

As palavras ressoam muito além das páginas do livro, deixando uma impressão instigante e duradoura na mente do leitor.

Paula Klien escreveu não apenas um livro, mas uma obra artística. Arte no melhor sentido: aquilo que toca nosso espírito e nos mostra a realidade sob novo vértice. Este é o compromisso dos verdadeiros artistas – reaprender o mundo de uma perspectiva que ilumina a nossa percepção pela emoção, dando nova dimensão ao que apreendemos.

LUIZ ALBERTO PY nasceu no Rio de Janeiro em 1939. É médico, psiquiatra, psicanalista, escritor e palestrante. É autor de nove livros, entre eles *Olhar acima do horizonte* – aprendendo com as coisas simples da vida, pela editora Rocco. Assinou durante dez anos a coluna semanal "Mistérios da alma" do jornal *O Dia* e, na revista *Caras*, escreveu a coluna "Amor". Foi também conselheiro do sistema penitenciário do Rio de Janeiro, consultor do programa *Big Brother Brasil* (TV Globo) e cofundador/diretor da Associação Americana de Análise Transcultural. Foi professor nas faculdades de Medicina da Santa Casa de Misericórdia de São Paulo e da Uerj, assim como em diversas sociedades de psicanálise. Ele é conhecido por sua abordagem humanista e existencialista da psicologia e da psicanálise.

QUALQUER SEMELHANÇA
É MERA COINCIDÊNCIA

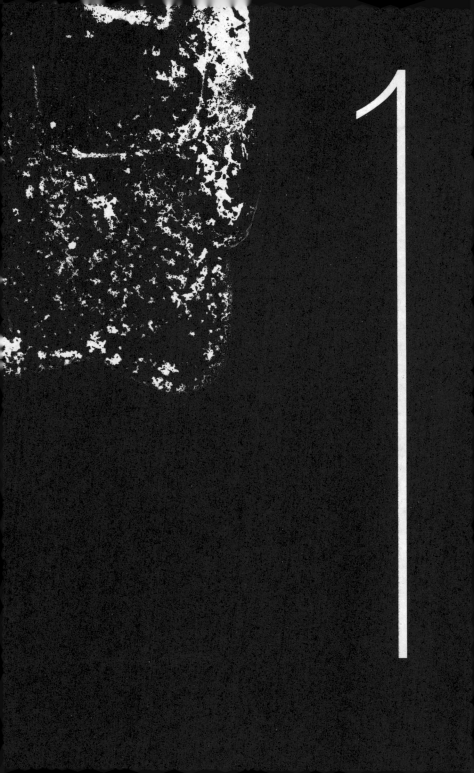

TOCO SIRIRICA DESDE QUE ME ENTENDO POR GENTE. Nunca pensei que fosse falar sobre isso. Não é bonito como tocar piano. Essa ficha me caiu ainda pequena – bem pequena –, quando ouvia da babá: "Vou contar pra sua mãe, hein?", ameaçava ela com uma verruga no rosto, toda vez que me dava um flagrante. No espelho, eu era um monstro. Que se dane ser um monstro! Minha necessidade de resolver aquele tesão era maior que qualquer monstro.

Meu primeiro orgasmo foi aos cinco anos, depois de esfregar a pepequinha de todas as formas, até conseguir. É horrível estar quase gozando o tempo todo e não saber como chegar lá. É uma aflição que cresce como um espirro que não sai. Só que espirro, quando desanda, depois de uns instantes, fica tudo bem. Vontade de gozar, não! Fica aquela coisa ali – presa e causando desespero.

Os banhos eram tensos. Por causa da pouca idade, não imaginavam que eu pudesse tomar banho sozinha e, por não enxergarem quão sabida eu era, tinha sempre alguém para me lavar direito. Ser lavada na parte interna das coxas fazia meu sangue subir. Quando a mão ensaboada subia e deslizava pra lá e pra cá por dentro da fenda da minha xoxota gordinha, meu corpo inteiro pulsava. Discretamente, eu fechava com força as pernas para contrair lá embaixo. Quando saía do chuveiro, outra vergonha: "Abre bem as perninhas para secar a periquita". Aquela secada, com direito a umas batidinhas fofas da toalha na xereca, era suficiente para me deixar agonizando.

Tentava sair dali correndo para o quarto. Ia me esconder para siriricar. Um sufoco! Já arrumada, abaixava só um pouco a calcinha. Meus grandes lábios eram gorduchos, como os da maioria das crianças e, por isso, salientavam-se na vulva, dificultando meu trabalho. Não conhecia anatomia, mas sabia que dentro do rasgo tinha um lugar na parte superior que era muito sensível. Sempre que eu mexia com ele, inchava e latejava. Até que um dia, uma pequena protuberância apareceu. A princípio, fiquei assustada e tive medo de não voltar para dentro. Alguém veria depois – talvez a babá, um familiar, o médico ou sei lá quem mais via minha xoxota na época. Mas pulei esse pensamento e comecei a brincar na carne tenra que ficou para fora da fofinha.

Coloquei o indicador e o médio para trabalharem juntos, em movimentos de todos os tipos. Um formigamento tomava conta do meu corpo e o ar começava a faltar. Tive medo – lembro bem. Só que ficar no meio do caminho seria insuportável. Estava entrando em sofrimento – uma tortura! A xereca estava assada e ardendo, mas não me restava outra opção senão colocar mais velocidade e intensidade na mãozinha já tão cansada.

Eis que, enfim, fui derrotada. Sem volta, fui consumida por convulsões, choques, tremores e movimentos aleatórios. O sangue se espalhou por todas as partes de mim. Os olhos queriam fechar. Os pensamentos queriam adormecer, mas não podiam. Eram muitos. O que era aquilo? O que tinha acontecido comigo? Eu estava viva? Eu estava toda melada. Não tinha tempo para pensar tanto. Alguém podia aparecer. Subi a calcinha e fiquei ali sentada de olhos arregalados fingindo assistir *Perdidos no Espaço*. "Ele não computa! Ele não computa!", dizia Robot na TV, balançando os braços. Sem forças para levantar os bracinhos, eu também não computava.

*

Recobrada a consciência, descobri que estava viva, sim – e como! Mas parecia ter morrido. Já sabia o que era morte naquela época. Ouvia falar, sentia tristeza nas pessoas, sentia coisas – muitas coisas. Só parecia ter morrido de morte não morrida: morte boa aquela – a melhor do mundo! Depois disso, fiquei querendo morrer mil vezes por dia. Perder para minha consciência, já tão consciente, virou hábito.

Anos depois, fiquei sabendo que essa experiência tinha sido minha primeira "Pequena Morte", como dizem os franceses sobre o orgasmo. *La Petite Mort*! Ah, que maravilhosos esses franceses!

Às vezes gosto de pensar que nasci na França. Eu me sinto muito francesa. Mas nasci no Brasil – no fervo do Rio de Janeiro! Não tem muito a ver comigo, não fossem os encontros marcados nessa existência, a começar pela calorosa recepção do meu nascimento.

Como um troféu, lá estava eu: de peruca preta densa, na saída sanguinolenta da vagina da minha mãe para os braços do meu pai. E depois, de volta à minha mãe, avós e tios. Uma alegria só! Isso enquanto eu berrava copiosamente, como nunca tinham visto – dizem. Parecia autoexorcismo. No meio do "pega a cabeluda chorona" daqui, "pega a cabeluda chorona" de lá, médicos examinavam para conferir se estava tudo bem. Para a felicidade geral dos exaltados, ufa, estava. Berrei com potência de Pavarotti por quase meia hora. Berros de extensa duração, tirados do fundo sabe-se lá de onde. Berros graves em estilo animal: animal inédito. Berros que, se eternizados em disco de vinil e produzidos ao mix de canto de baleia com urso rugindo feroz, teriam sido sucesso.

Cheguei com fome – querendo devorar a mim mesma. Faminta por me cavar buracos no corpo, na alma, nos sabores e nas dores. Uma vontade enorme de mundo, mas não da casca – do miolo. Por arrancar verdades por trás de tintas e papéis de parede. De enfeites, portas, muros e olhos. Por baixo dos panos, dos tapetes, das poses e por todos os lados – todos os ângulos de cada palavra.

Estava sendo minha primeira vez nessa vida. Morri da outra e agora estava nessa. Por algum motivo estranho, nasci sabendo que estar renascendo naquela hora seria só um gostinho de primeira vez. Eu sabia que ressuscitar e ressurgir das cinzas seria para mim como o vai e vem das baquetas, nos surdos de marcação que tocavam do lado de fora do hospital em homenagem a minha chegada. Sim, porque foi contratada uma bateria de escola de samba, com passistas e tudo mais a que se tem direito. Eram três e meia da madrugada quando resolvi sair para o lado de cá, mas ninguém estava preocupado com confusão. Era 1968 – o ano!

Cansada, minha fera adormecida caiu em sono profundo. "Não dissemos que as palavras iriam te procurar?", me perguntaram os astros. E não é que estavam certos? Lá estava eu, sentindo pela primeira vez a entrada e a saída do ar nos pulmões, e também já negociando com elas – as palavras. Pedi que não tivessem pressa e que chegassem devagar. Adoro uma selvageria lenta. Peraí, como já sabia disso?

Ademais, não queria ser leviana. Nunca subestimei o poder das palavras. Curam, mas também fazem o diabo quando estão no lugar errado. Caso decidisse assumi-las um dia, queria me responsabilizar por elas. Só que, eita, já no primeiro movimento avançaram aflitas, cheirando meu corpo de bebê recém-parido, para tomarem posse. Abri os olhos assustada e cortei o barato: "Nossa, vocês são um perigo!". Recuaram e disfarçaram uma lágrima caída. Depois duas, três – e choraram. Tinha esquecido das palavras sensíveis e de todas as outras. Estão vendo como se deve pisar em ovos? É preciso negociar. Mas eu: eu já vim na condição de só aceitar compromissos sendo original – podendo ser eu mesma –, sem ferir, preservando minha essência. "Como assim não existe um eu verdadeiro?", perguntei aos astros, depois de ter escutado vozes filosóficas do além. "São eus inventados?"

O monstro da siririca, por exemplo, foi criado para caber no mundo das inverdades. Os adultos precisam delas. Já que era um monstro, fiz dele um monstro e tanto. Assassinei, a sangue frio, uma inocência que nunca existiu. "Oh! Morreu tão precocemente!", lamentariam entendedores de todas as coisas.

Inventariam "Histórias do Arco da Velha" para justificar tal morte. Prevendo atrocidades, fiz uma gaveta imaginária para ele – o monstro. Assim, ninguém saberia o que ele pensava. Não saberiam do que ele era capaz, os falsos inocentes.

No início, era só eu e minha pepequinha. Tornei-me uma siririqueira virtuosa – de habilidade ímpar. Até Beethoven ficaria intimidado. O tempo e a prática fizeram com que o tesão voasse longe com meus pensamentos. Ele me encontrava em lugares absolutamente sórdidos. Eram pensamentos que se originavam ou em outras vidas, ou no âmago da minha essência devassa. De outro lugar é que não vinham.

Para meus pensamentos obscenos, reservarei obra inteira. Porque, ah, eles merecem! Mas antes, quero falar de outras coisas e, também, do meu *gavetoeiro*.

*

Gavetoeiro é palavra do meu dicionário particular: *ga.ve.to.ei.ro* – substantivo masculino (sm) – Árvore *gavetulus imaginaris*, da família *guardatus*. Ou, simplesmente, *árvore* de gavetas imaginárias. Consta em meu Código Penal, igualmente particular, artigo que reza sobre infração contra ele: "Será imputada morte lenta e dolorosa, a quem ousar, por motivo que seja, causar bagunça ou desordem em meu *gavetoeiro*". Ainda reza o Código que "não caberá prova qualquer sobre o dolo, pois o mesmo Stellium com seis planetas em virgem que me confere a qualidade de separar o joio do trigo com maestria, garante o cálculo da limpeza perfeita de um crime hediondo". Cabe salientar que este código tem lugar na gaveta das vontades malvadas, trancada a Sete Chaves – "Amém!".

Plantei o *gavetoeiro* na minha cabeça na mesma época em que construí o monstro da siririca – lá pelos cinco aninhos. Enfiei a semente da árvore no lado direito dela – mais precisamente onde encontrei um cavalo-marinho. Soube, mais tarde, que esse lugar se chamava hipocampo e que era capaz de guardar coisas. Não é incrível? Tinha encontrado um lugar de guardar coisas para plantar uma árvore de guardar.

Mais incrível ainda é reparar na hora perfeita de tudo. Meu *gavetoeiro* acabou ficando pronto só agora – juntinho com minhas palavras. De tanto me azucrinarem desde a primeira soneca, acabaram me fazendo perceber que eram missão de vida. Eis que, sem saber, estava deixando crescer o *gavetoeiro* para transformar palavras em passarinhos e fazê-las voar.

O bom da árvore de gavetas é que dá para colocar de tudo – dá para organizar uma vida todinha. Cada um organiza como bem entende. Vai do gosto do freguês. Se alguém mais, além de mim, quiser plantar um *gavetoeiro*, posso ajudar. Só preciso avisar que dá trabalho e leva tempo. Mas, como tudo que exige esforço, recompensa. O *gavetoeiro* tem, até mesmo, o poder de reverter para estado original a fabulosa riqueza do pacote *ser humano*, transformada em sucata pelas bagunças e confusões mentais. É uma alquimia!

    Depois de plantar a semente na cabeça, tem que brincar com os pensamentos. Tem que fazer com que criem raízes e que elas, então, se aprofundem. Nos troncos, tem que criar galhos, folhas e tal. Daí, é só começar a criar gavetas: gavetas com divisórias, chaves, cadeados e ganchos. Em seguida, é só pendurá-las nos galhos. É bom que se tenha um regador para estar sempre umedecendo a árvore, e é indispensável que se ofereça boa luz a ela. Todo cuidado é pouco. Não é bom ter muita coisa. As escolhas são muito importantes. Outra observação valiosa é sobre a manutenção: tudo tem que estar sempre limpinho e cheiroso. Indico mandar tudo que já não tem serventia e tudo que já morreu para a gaveta das memórias enterradas. Quando sentir saudade, é só visitar. Mas aconselho que fique longe do resto, sabe? Graças ao *gavetoeiro*, enterrei na gaveta da morte meus eus que teriam sido inventados – quase todos eles. Para o mundo, entreguei *eu*.

*

Ela veio do submundo – a tal semente necessária para se plantar *gavetoeiro*. Foi-me dada de presente por uma velha amiga, muito íntima, chamada Perséfone. Apesar de não haver rede social na época, por estarmos falando de uma Grécia mitológica surgida por volta do século 8 a.C., Perséfone tinha milhares de seguidores e era muito influente. Foi batizada com o nome de Cora por seu pai Zeus – deus dos deuses – e por sua mamis Deméter – deusa da agricultura. Minha querida amiga – a virgem Cora – foi raptada por Hades – deus do mundo inferior –, um safadão. Ele ficou gamado na Cora. Mas Deméter – a mamis – ficou tão arrasada que, com sua tristeza, secou o solo, tornando-o infértil.

Enquanto isso, lá nas profundezas, Cora se tornava Perséfone: deusa do submundo, junto ao seu raptor e, agora, marido. Isso por ela ter aceitado dois grãos de uma romã oferecidos por ele. Romã... sei bem.

Zeus ordenou que Hades permitisse, então, que Perséfone passasse parte do tempo junto à mãe, porque a terra não podia secar. Foi daí que nasceram as estações do ano e os ciclos da vida. Uma coisa meio plutoniana, sabe? Então, Perséfone passou a ser a deusa da fertilidade e a todo-poderosa do Reino dos Mortos.

No final, acabou se dando muito bem – acho eu. Durante o inverno, ficava em seu mundo inferior. Além de desenvolver intuição e sensibilidade, era naquela ebulição que a gente pode imaginar que ela energizava seu sagrado feminino e seu poder de criação. Depois, ia toda toda, se achando, lá para cima. Durante a primavera, o verão e o outono, tudo que plantava, dava. Por isso, tem sempre um ramo de trigo como símbolo de abundância e prosperidade associado à imagem da dita-cuja.

Diz-se, como outra hipótese, que a romã pode estar relacionada à primeira menstruação da minha amiga Perséfone. Ela faz mistério sobre isso. Mas, para mim, o babado da romã é outro. A minha primeira, com certeza, não foi depois de comer romã. Foi do nada! Fiquei "mocinha", como se diz, num 21 de abril, feriadão nacional de Tiradentes, aos onze anos. Apesar da maturidade sexual precoce e dos meus pensamentos, digamos, avançadinhos, desconhecia o assunto. Minha mãe não havia me avisado. Ou havia? Não, ninguém havia me avisado. Eu já tinha peitinhos – e grandes! É louco isso? É.

Enfim, lá estava eu na praia, brincando de capturar tatuís dentro de uma piscininha em um banco de areia, quando um menino mais velho, apontando para a calcinha do meu biquíni, falou: "Você está sangrando!". Abri as pernas, fiquei corcunda para me olhar e levei um susto. Meu biquíni canelado, que era *Verde Clinique*, estava todo vermelho! Levantei e corri para minha mãe. Gritei sem a menor vergonha pela areia: "Estou sangrando! Estou sangrando!". Minha mãe levantou, me pegou pela mão e me levou para casa, que era em frente à praia.

Pelo silêncio que pairou na maresia, entendi na mesma hora que todo mundo sabia de alguma coisa que eu não sabia. Fiquei com um ódio mortal. Só conseguia pensar na raiva que eu sentia. Mas ok. Estava esperando o que minha mãe tinha a me dizer. Ela foi direta. Explicou tudo, bem assim: "Daqui por diante, você vai sangrar todos os meses". E, com um troço tijolento branco, que parecia cheio de algodão por dentro, nas mãos, completou: "Está aqui o absorvente que você tem que colocar. Todas as vezes que estiver encharcando, você tem que trocar". Nada elucidativa, porém, com certeza, o melhor que conseguia fazer na época. Não era falta de amor. Era a forma como tinha sido criada, misturada à falta de experiência. É das coisas que as mães – todas elas, mais tarde – se cobram por acharem que podiam ter feito melhor.

Horas depois, passei a sentir uma dor dilacerante na parte baixa da barriga, e coágulos gigantes começaram a sair da periquita. A quantidade de sangue só aumentava. Tudo parecia bizarro para quem não sabia de nada. A cada minuto, um novo susto. Comecei a imaginar que, a qualquer instante, poderia sair um jacaré de dentro de mim. Aquilo foi um choque. A partir dali, eu estaria fértil, e minha infância, enterrada.

*

Desde sempre, coisas que todo mundo sabe não são coisas do meu saber. Uma das provas está no relato que acabei de fazer, à la Carrie, a *estranha*, toda manchada de sangue na praia. Mas está longe de ser sobre isso. É sobre tudo. Ainda pequena, me dei conta de que precisava desligar a tomada que me ligava aos conhecimentos óbvios do mundo. Entendi que excesso de informação anulava sinais. E eu, eu preciso deles para viver.

Sempre soube das coisas invisíveis – as que ninguém mais sabe. É um mistério que eu gosto – ah, como gosto. Segui amando a criança que insistiu em morar em mim, apesar da infância que desceu sangue abaixo. A criança que tudo me ensina sem nada saber. Ela não sabe fazer contas, mas faz cálculos como ninguém. Por causa dela, quase sempre desconfiei do futuro. E não é que estava quase sempre certa? A parte ruim disso é a ansiedade – absolutamente inevitável. A parte boa é a vontade de lamber o mundo antes que derreta.

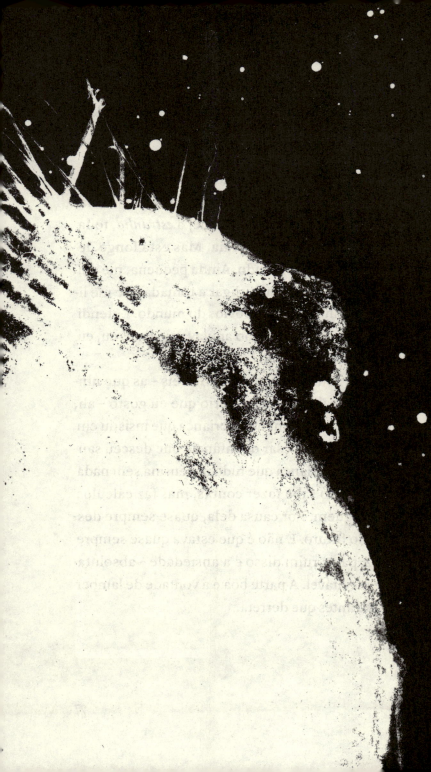

ESCOLHI O MACHO PARA ME DESCABAÇAR COMO QUEM ESCOLHE UMA PEÇA DE CARNE PENDURADA NO AÇOUGUE. Dei uma única volta na sala e, sem dar bandeira, fiz um raio X nas presas do território. Procurava por alguém que, na minha "bola de cristal", tinha intuído que iria encontrar. Por isso, estava ali.

Era um apartamento grande e, com certeza, projetado por arquiteto dos bons. Alguns excessos me desagradavam, mas não a ponto de me fazerem achar que era deselegante. A iluminação, igualmente feita por algum profissional importante, estava regulada no mínimo. Na sala de jantar, uma mesa de comes e bebes de quinta. Pelo visto, os pais tinham deixado o apartamento para alguém se esbaldar. Eu não conhecia o dono da festa.

Desfilei altiva, do alto dos meus quatorze anos, usando um minivestido preto em seda, decotado de alcinha, que mais parecia uma camisola. Fazia com que, a cada passo dos meus pés sobre sandálias de salto alto bico fino, cruzadas no calcanhar, meus seios enormes balançassem em câmera lenta, a ponto de quase escaparem. Os mamilos dançavam duros no tecido fino. Estava nua por baixo. Tinha tirado a calcinha no lavabo ao chegar, e tinha colocado na *clutch*. Queria que o vestido marcasse a testa da xota.

Cintura de pilão, como diziam antigamente, e curvas para derrapar pela estrada de uma vida. Rosto escultural, *flawless skin* e cabelo castanho de ondulado revolto até a cintura. Impossível não ser notada.

Fui tão rápida em encontrar o alvo, que não dei tempo para que qualquer um dos outros rapazes pudesse acalmar os ânimos, diminuir o volume da calça e tomar coragem de fazer uma aproximação. Com olhos de predadora, me dirigi, ainda mais tesuda, em direção ao predestinado. Ele era o mais velho da festa – por volta dos 24. Estava sozinho, em pé, meio que encostado na parede, segurando uma garrafa de cerveja. Curtia o som, um tanto deslocado. Era gato – muito gato mesmo. E ainda por cima, vestia roupa social – meu fraco! Mas não foi por isso que o escolhi. Foi porque tinha muitas camadas. Era denso e de intelecto interessante. Sinto essas coisas a léguas de distância.

Paciente, esperava que eu chegasse. Parei na frente dele e, quase colada, não disse uma palavra. Nossos olhos diziam tudo. Nossas bocas, mais ainda. Ele sorriu. "Vem comigo." De mãos dadas, me conduziu à cozinha. "O apartamento é do meu primo", disse. Sabia que podia confiar nele. Fui sem medo.

Ele abriu uma das geladeiras e perguntou o que eu gostaria de beber. Pedi Coca-Cola. Serviu-me a

Coca e pegou um copo de leite para ele. Achei curiosa a troca da cerveja para o leite. Fiquei com aquele pensamento. Ele forrou a mesa da copa com um jogo americano. Achei que fosse colocar um prato, mas não – era eu.

Daí, ele me pegou no colo pela cintura como se eu fosse uma boneca, e sentou minha bunda no pano. Não tenho certeza, porém acho que estava tentando cuidar da minha higiene, para evitar que eu encostasse a pepeca na mesa. Provavelmente, já havia notado que eu não estava usando calcinha. Seria ele médico, virginiano louco como eu, ou apenas fofo mesmo? Eu pensava sem parar. Enquanto me posicionava como brinquedo, foi cuidadoso em manter minhas pernas bem fechadas. O vestido era curto demais e não me cobria direito. Por querer mostrar respeito, ainda pegou um pano de prato para cobrir minha xana. Isso, sem dar uma olhadinha sequer.

Abriu os armários procurando coisas gostosas. "Vamos ver o que tem de bom aqui", idealizou animado. Eu ri. Estava amando aquilo. Ele se divertiu em colocar, em cima da mesa, ao meu lado, todas as guloseimas que encontrava: cookies, M&Ms, Doritos, Cheetos, Fandangos – um monte de porcaria infantil. Estava na cara que ele me via como uma criança e gostava de testar meus limites.

Em pé, na minha frente, colocou as mãos nas pontas dos meus joelhos e abriu minhas coxas, de uma só vez – tão rápido que cheguei a sentir o movimento dos meus beiços, lá embaixo, descolando um do outro e estimulando o grelo. "Se-nhor!, ele sabe o que faz", pensei. Mas o safado ajeitou o pano de prato para garantir que minha xereca ficasse coberta.

Ele confundia, atormentava e excitava desesperadamente. Era um jogo mais quente que o jogo americano que estava por baixo da minha xoxota ensopada. Ele perguntou qual das "comidinhas" eu gostava mais.

Apontei para o saco tamanho família de M&Ms. Ele começou a enfiar pastilhas, uma a uma, para dentro da minha boca, abrindo meus lábios com os dedos. A gente ria de alegria, desejo e desespero. Eu latejava. Ele pediu que eu abrisse a boca. Disse pra mim: "Faz AAAA!". Abri um bocão. Lá estava eu de bocas arreganhadas! Ele foi para longe e ficou atirando as pastilhas coloridas na boca de cima. Era bom de mira. Acertou quase todas no buraco. Como não dava tempo de mastigar e engolir, fiquei de boca cheia e acabei engasgando. Ele, então, me beijou, sugando parte do doce que estava em mim. *Uma Babá Quase Perfeita...*

A porta da cozinha abriu e nos separamos na hora! Ele fechou minhas pernas na mesma velocidade com a qual as abriu. Entraram dois rapazes e uma menina. Sorriram para nós, mas ficaram na deles. Queriam pegar coisas na geladeira. Fui, então, novamente retirada da mesa, como boneca – uma inflável pornô, a essa altura. Meu vestido foi ajeitado para baixo. Ele deu um tapinha tipo garota levada na minha bunda, me pegou pela mão e me levou para uma suíte de casal. Do lado de dentro, trancou a porta. Pensei: agora fodeu! Sentei na cama, com os mesmos olhos arregalados do pós-primeiro orgasmo dos cinco aninhos. Imóvel, ereta e pensando: e agora? Falo que sou virgem? Será que vai ser bom? Será que ele me acha bonita? Ele vai me ver pelada! Será que vai achar meus peitos grandes demais? Um pouco caídos? Será que vai gostar da minha perereca? Será que eu vou saber transar?

Em meio ao *overthinking*, meus olhos passaram de arregalados a perdidos no infinito: perdidos a ponto de não perceberem que ele já estava com as mãos nas alcinhas do meu vestido, em contagem regressiva para fazê-las cair. Foi quando regressei, para me perder em êxtase, na certeza da finitude daquele momento único.

Tirando o fato de ele ter me chamado de vaca, ter me pedido para falar *Muuuu* algumas vezes, e ter me ordenhado as tetas, foi tudo lindo e muito romântico. Não vou negar que gostei. Devo ser vaca mesmo. Só espero ser uma vaca que não libera gás metano e ser sagrada como na Índia. Além de ser, digamos, selvagem, ele era um fofinho. Passava o tempo todo fazendo elogios para me deixar à vontade. Elogios do tipo: "Nossa, que boceta suculenta!", "Sua vaca carnuda!", "Xota mais docinha", "Safada xerecuda". Um amor – eu acho. Era muito carinhoso e dedicado também. Se perdeu no tempo, me lambendo a pele inteira do corpo e me chupando as carnes. Principalmente, ficou horas a fio me mamando o grelinho – óbvio. Achei que eu não fosse conseguir gozar por estar um pouco nervosa, porém gozei e foi indizivelmente indizível.

Um belo começo. Quanto ao pinto, vamos lá: era grande, grosso e bem galã. Fui deliciosamente deflorada por ele. Só que preciso ser honesta: até hoje não faço lá muita questão. Gosto quando bate forte sem parar, lá dentro no fundo, depois de gozar. Mas só depois de gozar!

Tinha ficado difícil porque estava bom, porém eu precisava ir embora. Quando olhei para o relógio, foi um susto. Tinha hora para chegar em casa e estava prestes a perder a carona que havia combinado. Preciso dizer que tinha ficado difícil. Não só pelo durante – pelas sensações e pelo orgasmo, que é a única coisa que me faz parar os pensamentos –, mas por tudo que veio antes e depois. O depois: preciso falar sobre ele. Além da graça que víamos um no outro – em tudo que havíamos feito com entrega animalesca –, além do carinho e do afeto que havia resultado daquilo, assim como tudo que resulta de entregas verdadeiras, era a primeira vez que eu sentia o peso do corpo de um homem negligenciado sobre o meu. Caberia pausa de dias para aquele momento, mas eu precisava mesmo ir embora.

E também tinha outra coisa: minha bexiga estava cheia e não seria legal fazer xixi na cama que pertencia, provavelmente, aos pais do dono da festa. Os lençóis, de um milhão de fios, já estavam em estado de miséria: desgrenhados e manchados de porra. Sim, porque naquela época não se usava camisinha e, nessas ocasiões, gozava-se fora. Até sangue de cabaço rompido deixamos – que horror! Logo eu, tão cuidadosa com as coisas – com as minhas e com as dos outros. Mas não daria tempo de arrumar nada e, por isso, não prossegui matutando. Ao menos não faria xixi na cama.

Corri para o banheiro iluminado, com bancada em mármore branco, repleta de cremes, e me sentei na privada. Fiquei tão aliviada, que cheguei a tremelicar. Tomei banho quente na velocidade da luz e me enxuguei com uma toalha usada por outra xota – provavelmente a da mãe do menino. Achei ok porque, analisando sob ângulo da casa toda cheirosa, limpa e organizada, a xota devia ser gostosa também. Contudo, tive o cuidado de dobrar a toalha e colocá-la no chão depois de usar, para deixar claro que havia sido usada. Voltei para o quarto como se tivesse acabado de chegar na festa: arrumada, no salto e na pose.

Como se o adeus já não estivesse sendo difícil para mim, tive que lidar com a incapacidade dele de suportar minha partida. Tive que enfrentar olhos irresistivelmente pidões – tanto quanto os olhos do Gato de Botas em *Shrek*. Ele não queria que eu fosse embora. Tive que amadurecer subitamente à idade dele – ou mais –, para ser acolhedora. Naquele momento, virei um pouco mãe. Sentada na cama, coloquei as mamas para fora e encostei a cabeça dele ali. Balançando o corpo para a frente e para trás, como se estivesse ninando um bebezão, fiz carinho nos cabelos castanhos dele e disse, quebrando o silêncio: "Tenho que ir agora".

Inconformado, perguntou meu nome. "Laví", respondi. "Posso te ligar?", ele perguntou. "Melhor não. Foi lindo assim." Levantei determinada, agarrei a *clutch*, dei um beijo naquele rosto bonito e fui. Apesar de ter sido como um sonho, por algum motivo que eu não poderia explicar, era apenas uma breve, porém importante, passagem.

*

Já não via a hora de acender um cigarro para pensar, com mais gosto, no que tinha acontecido. Foi a primeira coisa que fiz, ao chegar em casa, depois de me livrar da histeria dos meus pais por ter comparecido meia hora depois do combinado. Era de se entender, já que, além de não existir telefonia celular na época, a pessoa mais exigente com cumprimento de horários lá em casa era eu. Pedi desculpas, subi correndo para o meu quarto, tranquei a porta e fui para a varanda.

 Tinha começado a fumar dois anos antes, aos doze, durante um intervalo de aulas, no banheiro da rigorosa Escola Católica onde eu estudava. As pessoas costumavam fumar e costumavam fazer outras coisas que as matavam. Mas, por incrível que possa parecer, havia mais vida naquela época. Na casa dos meus pais então, nem se fala! Além das festas recorrentes que varavam madrugadas, o dia a dia era de dar inveja a qualquer pinto no lixo. Felizes foram os que se banharam na lama divina do final dos anos 1960 ao final dos 1980.

 Digo que havia mais vida naquela época apenas por confiar nas análises meticulosas da menina que acendeu o cigarro sob o céu estrelado de lua nova, na sacada de seu quarto, na noite em que foi desvirginada. Simplesmente porque ela, não satisfeita em examinar tudo de perto, girava, esticava, rasgava, quebrava, estilhaçava e fazia em pedacinhos tudo que via e ouvia. Ela ia fundo – no mais fundo que se podia ir. Assim, hipóteses não lhe faltavam para uma boa opinião. Era uma atleta dos pensamentos.

Com vista para uma piscina iluminada para ser ainda mais azul e um jardim iluminado para ser ainda mais verde, ela se debruçou no parapeito para melhor examinar a casa onde morava. Pensou com admiração em seus pais – de onde vieram e o que conquistaram. Observou o projeto do arquiteto alemão escolhido por eles e viu propósito em todas as coisas. Concluiu que aquela casa seria de todos os tempos. Estava certa.

Tragou fundo e pensou no propósito daquela noite, satisfeita por ter enterrado o medo do desconhecido na gaveta dos medos enterrados. Sentia-se feliz por ter se livrado daquilo. Agora poderia escolher o que quisesse – ou não –, mas estava livre. Sepultou a guimba no vaso de planta.

*

Meus pais têm, até o dia presente, cheiro de picolé de uva na maresia. São dois adolescentes. Meu pai só transferiu a uva do picolé para o vinho, que passou a beber como se fosse o deus Baco. Casaram-se cedo – antes dos vinte. Ambos vieram de famílias letradas e bem-sucedidas, da classe média do subúrbio do Rio. Garoto visionário, meu pai se mudou para uma Barra da Tijuca praticamente virgem. Nossa primeira casa ficava de frente para o mar.

Criança, sentia como se a praia inteira fosse minha. Quando não estava fritando à milanesa na areia molhada com meu irmão mais novo, estava em casa, perdida nos olhos grandes e negros, quase maiores que meu corpo de criança, refletidos no espelho. Tinha curiosidade de entender aqueles olhos que não pareciam ser meus. Pareciam ser de um corpo que estava ali plantado. Sentia medo do que via, mas enfrentava a imagem e tentava uma espécie de apropriação.

Gostava de ficar sozinha, trancada num quarto meio escuro, desenhando – eu e a criança. Mas, na verdade, tínhamos companhia. Éramos uma legião. No meio desse povo, estavam: meu monstro da siririca, minha *bestie* Perséfone – de quem já falei – e minhas madrinhas: as Moiras – três irmãs. Eram elas que determinavam o destino, tanto dos deuses, quanto dos seres humanos. Por gostarem muito, muito mesmo de mim, ensinaram-me tudo sobre a Roda da Fortuna: do tear para se tecerem os fios da vida, e dos períodos de boa ou má sorte de todos. Nem Zeus – o mais fodástico – tinha autoridade sobre elas. Ele não podia transgredir a lei da harmonia cósmica. Isso é o que chamo de Madrinhas Superpoderosas! Aos poucos, nos tornamos uma única pessoa – eu e a legião.

Pessoinha difícil, diga-se. Minha família tem assento garantido na primeira classe para o céu: ou estavam todos dando espaço para meu jeito *Carrie* de ser, ou estavam aplaudindo de pé minha versão exibida performática. Extraordinários eles! Não fosse eu um ser complexo, minha infância teria unicamente o gosto da simplicidade que há no amor e na liberdade – embora façamos parecer o contrário. Por adivinhação, eu sabia do encontro marcado, mais tarde, com o homem que iria me amar do mesmo jeito, sem julgamentos.

Na gaveta das memórias preciosas, também guardo memórias dos meus avós – principalmente dos maternos. Até hoje, escuto a bravura do meu avô no teclado da máquina de escrever. Éramos muito amigos. Tanto que foi ele, depois de muita insistência, quem me levou clandestinamente para fazer uma tatuagem aos quinze, já que meus pais não tinham gostado da ideia e eu precisava de um maior para autorizar. Diziam que eu era a única pessoa capaz de amansar a fera. Já minha avó era doce e sensível. Eu me esmago em dor por ter derretido, sem motivo considerável, um colar de ouro que ela mandou fazer para mim. O colar tinha um pendente em forma de coração, com cravação *antique* de brilhantes. Apesar de ter enterrado meu arrependimento na gaveta dos arrependimentos enterrados, volto toda hora para visitar e acabo inundando a gaveta de lágrimas.

O conservadorismo dos meus avós não combinava com o fervo da minha adolescência. Mesmo assim, éramos unidos. Dos onze aos dezoito, fiz tudo que se podia e tudo que não se podia fazer.

Não que eu tivesse um caráter transgressor – pelo contrário: sempre tentei me encaixar. Eu apenas queria tirar todas as coisas da minha frente. Como um trator, esmagava dúvidas, incertezas, medos e tudo que causava desconforto. Ao mesmo tempo, me esmagava. Nem me dei conta de que estaria me tornando uma estudiosa das feridas esburacadas por mim, na própria alma – porque a vida que era a vida, era boa. Minha coragem fazia de mim uma pesquisadora da dor.

*

Foi só mais tarde, depois dos dezoito, que a dor realmente apareceu como assombração. Antes, era isso que acabei de contar e era também dor assombrosa de cólica menstrual vinda de outra galáxia. Entendo hoje, após pesquisas publicadas recentemente, que devo ser infeliz herdeira de mutação genética neandertal. Herdeiros dessa mutação têm maior sensibilidade à dor. Só pode ser isso! Coloco todas as fichas na mesa, afirmando que nenhuma mulher sente, sentiu ou sentirá, cólicas uterinas mais agudas que as cólicas que eu sentia.

Além disso, desde que fiquei mocinha – desde que assumi essa expressão ridícula inventada –, minha vida virou meia vida. Era assim: cinco dias de cama, me contorcendo e urrando de dor, mesmo entupida por analgésicos fortíssimos; e dez dias de TPM que precediam esses cinco dias – isso mesmo: dez dias! E não era uma TPM qualquer. Eu facilmente poderia matar alguém. Por isso, ficava enjaulada em casa como animal feroz. Nos outros quinze dias, eu voltava ao normal. Minha mente retornava ao status de inquieta – apenas.

Todo esse tempo de vida soterrada me faz viajar em tudo que eu poderia ter realizado com o tanto que tenho para entregar. Mas rapidamente recobro a consciência, lembrando que o que foi era o que tinha de ser, e que, por isso mesmo, não devo especular. Todo esse tempo faria muita gente ter vontade de triturar os médicos que negligenciaram um caso como o meu. Que encontraram facilidade em empurrar o problema para a psiquiatria, em vez de investigar a causa como sendo hormonal, por exemplo – como eu mesma sugeria nas consultas, e ninguém escutava.

No fim, era mesmo um problema hormonal que poderia facilmente ter sido solucionado.

A descoberta só foi confirmada, quase quarenta anos depois, com a chegada da menopausa. Finalmente encontrei a paz. Ainda que a menopausa não esteja entre as sete maravilhas do mundo, posso afirmar que, agora sim, dá para viver. Minhas gestações – maior projeto da minha vida e destaque desta obra literária – também foram forte indício de que meu caso era hormonal. Mas nelas – nas gestações – eu não pensava nisso, porque simplesmente não dava para pensar em nada que não fosse o que era de mais importante: ser mãe.

*

Encaro fatos desse tipo – da meia vida e tantos outros – como obra do destino. Não é possível conceber que vários médicos errem no mesmo assunto, por uma culpa que seja deles. Culpa nem sequer existe.

Tudo acontece para a evolução do todo. É nela, na evolução do todo, que está a resposta para as desigualdades, infortúnios e tragédias. Igualmente para toda sorte. É para a tal da harmonia cósmica – para esse equilíbrio, que mais parece expressão dos esotéricos de plantão – que a Roda da Fortuna gira. E é dessa harmonia que depende o andar da carruagem.

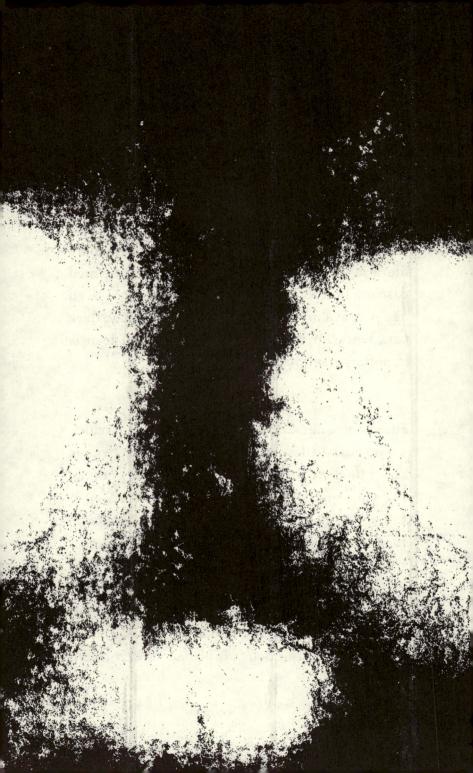

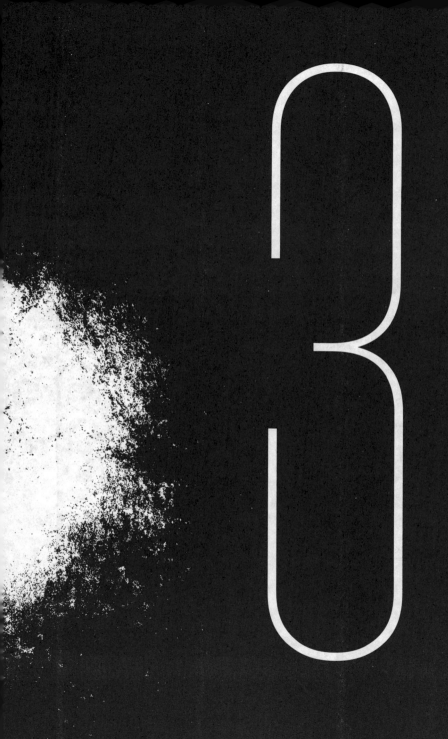

"**A IMPORTÂNCIA DO PROCESSO CRIATIVO NOS DESAFIOS DA LIDERANÇA CONTEMPORÂNEA**" foi tema de uma palestra que fiz em fevereiro de 2020 numa conceituada Escola de Negócios de São Paulo. Colei na minha cara um meio-sorriso – um que não mostra os dentes, que aprendi de frente para o espelho quando criança. Colei antes de entrar no salão onde sentavam-se, ocupando todas as cadeiras, ilustríssimos para me escutar. Colei o tal sorriso bobo, porque, desde sempre, dizem que não sei sorrir, que sou séria – séria de dar medo. Ao mesmo tempo, dizem que sou engraçada e boba – uma figura rara. Eu é que acho graça em quem não se aprofunda para além de achismos.

Usando minha melhor cara de tolinha, roupa solta lânguida que não me marcava as curvas de violão, na intenção de ser escutada, e voz mansa para combinar, dei nó de marinheiro nas cabeças masculinas que representavam a maioria esmagadora do público. Até hoje, me pego às gargalhadas – coisa que também sei fazer, e muito – lembrando dos rostos daquelas pessoas cujas expressões, a cada frase minha, só pioravam. Meu discurso parecia *nonsense* e até induzia ao riso que, por educação, tentava ser disfarçado. Mas pelos olhos arregalados e queixos caídos, via-se que fazia pensar – ou sentir, ao menos. À frente da imagem de um casulo – escultura de grande dimensão de minha autoria, projetada no telão, lasquei a falar de morte. "Para a gente criar, a gente tem que morrer", comecei. E desse ponto em diante, foi só *downhill*.

Organicamente me saíam pela boca sentenças que pareciam não ter muito a ver com o tema – mais pareciam sentenças de morte. Tais como: "Um desligamento momentâneo do mundo para dar início ao novo", "Um novo tempo, como viagem para dentro" e "Momentos de solidão". E danei a falar de casa: "Nossa casa é um laboratório de vida – um espaço sagrado. É uma caverna para mastigar ossos, lamber crias, cuidar de amores e tesouros. Um lugar para fazer terra firme, aprofundar raízes e ver o rio passar. E ele passa – o rio passa. Independentemente da minha ou da sua vontade, ele passa. Independentemente da nossa hora, da complexidade com que engendramos nossas existências ou da ilusão de haver qualquer vislumbre de possibilidade em nossa permanência – ainda assim –, ele passa".

Para quem conseguiu unir os pontos da minha apresentação para lá de abstrata, se é que houve um alguém no meio dos fazedores de cálculos, esse alguém deve ter ficado cabreiro das ideias ao lembrar da figurinha aqui, imediatamente no mês seguinte. Porque em onze de março o mundo inteiro foi notificado pela Organização Mundial da Saúde (OMS) sobre a covid-19 ser caracterizada como pandemia.

    A notícia, com tudo que veio a reboque, deve ter deixado uma bela pulga atrás daquelas orelhas peludas: "Será que ela sabia do que estava por vir ou foi apenas uma grande coincidência?". Juro que, se eu tivesse certeza, contaria. Mas fato é que minha boquinha sempre foi perigosa – já dizia mamãe: "Tudo que essa menina diz acontece. Dá até medo!". Pois é, talvez o integrante da série *Os Simpsons* que sugere os episódios mundialmente intrigantes pelas previsões de futuro também não tenha certeza de nada. Acredito que possamos estar sintonizados na frequência do destino – chamado de jogo por alguns. Da mesma forma, acredito em outras coisas. Uma delas é o poder da energia, que tem a força da palavra como abre-alas.

*

Sempre soube que iria escrever cada palavra deste livro: livro que imagino ser de alguma importância. Por ter fé nessa missão, dou passagem aos meus impulsos – todos eles. É tanta passagem – mas tanta –, que me sinto um Chico Xavier de mim mesma. Mas isso aqui não é o terreiro da Mãe Laví – "Mãe Laví, muito prazer!". Até porque, numa escala de videntes e profetas, me sinto acanhada como um neutrino quando lembro da mulher de São Lourenço.

Ela era famosa, a tal mulher. As filas na porta da casa da mulher de São Lourenço eram maiores que as filas para beber água curativa nas fontes da importante estância hidromineral de Minas Gerais.

Diziam que ela adivinhava o futuro e, por isso, enfileiravam-se todos para conferir. Alguns iam na esperança de saber das coisas com antecipação, e outros queriam apenas ter a certeza de que ela era uma farsante. Já eu, tinha uma curiosidade: saber se minhas estranhezas paranormais da vida toda eram reais ou apenas pareciam ser. Queria ir para encontrar respostas em alguém experiente.

São Lourenço com suas charretes, bodinhos, cheiro de cocô de cavalo e visitantes de aparência provinciana, não era, decerto, um lugar onde alguém pudesse imaginar um esbarrão comigo. Mas como tudo em mim é exceção – e ainda falarei disso –, eis que me avista, jogando migalhas de pão para patinhos no lago do parque, um amigo de longa data.

"Laví?!", exclamou. "Oi, quanto tempo!". Papo vai, papo vem, disse a ele que estava com minha família, e que meus avós adoravam a cidade. No fundo, eu também gostava. Perguntei se ele tinha ouvido falar da vidente e, por uma incrível coincidência, era ele

– ele mesmo – o agente da celebridade. Não pestanejei. Perguntei se teria como arrumar uma furada de fila para mim, para minha mãe e para minha avó. Meio feio isso – eu sei. Mas tinha dado aquela sorte e não iria desperdiçar. Fora isso, andava com um sono fora do comum naqueles dias. Se desse bobeira, dormia em pé. Estranhamente estava sem condições para enfrentar uma fila.

Ela me falou para sentar. Permaneceu muda enquanto acendia velas e arrumava algumas coisas em cima da mesa que nos separava. "Você está grávida", disse. "Oi?!", perguntei estranhando. "Mas você não vai ficar com esse menino, não. Nem com esse, nem com outros cinco que ainda virão", completou. "Mas que papo é esse?", questionei, com um riso nervoso. "Vão ser muitas provações, querida. Se prepare", alertou. Naquele momento, eu preferi achar que ela era completamente maluca, embora já suspeitasse de muitas coisas sobre meu futuro. "Você vai ter um filho – o filho." Até que enfim algo bom – pensei. Queria fugir dali. "Mais alguma coisa? Muito obrigada por me atender", falei, já me levantando para dar no pé. Sem tentar impedir que eu fosse embora, ela concluiu: "Foi um grande prazer te conhecer".

Do lado de fora da sala, caí de joelhos no chão do corredor e chorei – chorei muito mesmo. Fui amparada por uma moça que me levou ao encontro da minha mãe e da minha avó, que já haviam sido atendidas.

Sempre fui corajosa. Nunca havia fugido de verdades ou de situações difíceis. Só que aquela mulher me pegou de jeito. Seu festival de bizarrices me bateu como se fosse um raio. Por instantes, me tirou as forças e me causou enjoo. E óbvio, me levou a pensar sem parar. E eu pensava: Será que ela está certa? Será que estou grávida? Será que o sono estranho tem a ver com isso? De olhos esbugalhados, lembrei que meus seios estavam doloridos. Entrei em desespero ao lembrar deste detalhe, que nada tinha de desprezível. Mas pela agenda a menstruação não estava muito atrasada – só um pouco.

Tentei respirar para desacelerar os batimentos cardíacos. Sobre o resto do que ela havia dito, eu nem sequer conseguia pensar, porque o pânico da hora presente tinha tomado conta de mim.

*

Hoje, sinto saudade do sono grávido daqueles dias. Porque hoje, aos 55, tenho a cabeça atormentada por uma insônia devastadora: insônia típica de menopausa. Embora a baixa hormonal tenha atingido a qualidade do meu descanso e tenha agravado minhas crises depressivas, algum estranho comando na minha cabeça – um que eu não saberia explicar – não permitiu que minha libido diminuísse. Continuo sendo a mesma cadela pervertida. Uma véia *top model* gostosa, cheia de tesão na perereca apertadinha: apertadinha por provável excesso de contração ou por parentesco com *Wolverine* – já que até parto normal de quadrigêmeos você ainda vai ver por aqui (e só por aqui).

A tal mulher de São Lourenço estava certa sobre tudo – absolutamente tudo. E por isso hoje acredito, de fato, também em mim – nas minhas previsões e nos meus poderes, ainda que da minha forma peculiar.

Sim, eu estava prenha pela primeira vez na vida aos dezoito. E sim, a partir dali, foram muitas adversidades, como havia avisado a vidente. Foram muitas mortes. A partir dali, aprendi a renascer. Perdi as contas de quantas vezes fui reduzida a cinzas e de quantas vezes, das minhas próprias cinzas, voltei. A partir dali, me transformei numa Fênix: Fênix não por força da palavra. Há de se respeitar poderes ocultos. E há de se respeitar também a dor. Porque, por mais alto que seja o voo da Fênix, é voo triste. É céu escuro. É trançado de cicatrizes nas tripas e na plumagem.

Procuro unir cacos de sanidade para escrever estas páginas. Procuro por cacos estilhaçados nas tragédias da minha vida, e pelos cacos quebrados na insônia que recaiu sobre mim nos últimos tempos. Parece estar tudo no chão, mas, com forças do além, cato um a um na madrugada, para colar e dar forma ao entendimento dos meus dizeres. Fui tomada por um desejo enorme de me fazer lida. Porém, enquanto trato de unir os cacos, preparo estômagos – o meu e o seu. Não é fácil voltar às cinzas.

    Não é fácil sair da primavera para o inverno do submundo, ainda que seja apenas para servir de *tour guide* dos infernos. Também não é fácil ser a dona da chave que abre os portais lá de baixo e ficar adiando a viagem – até porque esse poder me foi dado em confiança por Perséfone, a deusa do Reino dos Mortos. Portanto, tento manter a calma e respiro nos ensinamentos das minhas madrinhas Moiras, em seu tear na Roda da Fortuna, sobre a hora certa de todas as coisas.

    Enquanto não te levo ao mundo dos mortos em cruzeiro marítimo *all inclusive* pela incrível travessia do rio Estige, onde barganhei desconto para vivos com o mais avarento dos deuses imortais, o Caronte – aquele que só aceita carregar defuntos em seu barquinho diante de óbolos –, trato de metáforas. Já foram muitas até aqui. Mas acredite, elas são necessárias. São elas as responsáveis por fazerem comparações implícitas em verdades, tornando-as agradáveis e belas. A Dona Verdade, desde que foi enganada pela Dona Mentira e teve por ela suas roupas roubadas numa parábola judaica, tem andado por aí feito assombração. E por isso os adultos têm precisado das inverdades.

Falemos de beleza, por hora. Falemos de beleza enquanto te engabelo. Enquanto te engabelo, *pero no tanto*, já que minhas mentiras, depois de terem roubado as vestes das verdades, parecem ter sido desnudadas por outro ladrão – que sorte a minha. Perdoe-me se, para falar da beleza, me vejo obrigada a voltar à verdade. Verdade: raiz da vida! Perdoe-me você, se é do tipo que diz gostar da verdade, mas apenas daquela que lhe convém gostar – apenas daquela que é, em verdade, a mentira fantasiada. Perdoe-me se, para falar da beleza, preciso da verdade: verdade nua e crua. Pois a grande beleza da vida está na importância das raízes. Esquecê-las ou negá-las é perder-se no vazio.

Subestimar as raízes é tornar-se oco e incapaz de perceber a beleza submersa nas sutilezas.

Um brinde aos olhos que enxergam a beleza de todas as coisas. Creio ser algo sublime. Escolhi sublime por traduzir prazer e dor, segundo Kant. Sim, em toda magnitude estão ambos juntinhos – prazer e dor. A beleza não escaparia dessa. Tampouco os olhos que podem enxergá-la em tudo. Muito menos escaparia a verdade: absolutamente sublime.

A pandemia parece não ter servido para aprofundar nossos tempos. Estão mais rasos que nunca. Ao contrário da investigação, houve fuga. Nunca antes na história a felicidade havia sido pregada como obrigação. Nunca Osho havia sido tão atual. Nunca havíamos precisado buscar a felicidade como religião. Ser feliz o tempo todo virou questão de sobrevivência. É tóxico quem fica triste, quem dá defeito e quem contamina a felicidade do outro com suas lástimas.

Freud dizia que, além da nossa impotência diante da fragilidade do corpo e da supremacia da natureza, a relação humana é uma das três principais fontes de padecimento humano. Ele estava certo. Mas suponho que o pai da psicanálise ficaria perplexo com as tentativas de solução do mundo atual. Tudo hoje é triturado e liquidificado.

Vivemos tempos saudáveis. Tempos de *mindfulness*. Tempos de atenção plena no presente. Um foda-se para o passado e outro foda-se para o futuro. Para que tanto arrependimento, saudade, ansiedade ou medo, se temos o agora? Vamos sorrir com lentes de contato dental, um sorriso tão branco quanto nossa paz. Alimentação saudável e atividade física garantem qualidade de vida e propensão à longevidade. Saudações! Vivamos muito e sejamos pequenos. Sejamos superficiais e medíocres. Por que caos se não queremos estrelas? Enquanto isso, que nos caiam dos céus, ou melhor, dos algoritmos, estrelinhas *fakes*!

*

O barulho do mundo dormente ensurdece quem sente.
    Ensurdeci. Fiquei surda de surdez não metafórica. Foi verdade pelada de pernas abertas, a morte da minha audição. Cabe até silêncio *in memoriam*. Um minuto, por favor. Era até famoso meu ouvido. Era ouvido absoluto: coisa rara, coisa inata. Porém, *voilà*: eis que um belo dia acordei num silêncio tão absoluto quanto ele. Ele ficou tão metido que incorporou um francês. Tirou o médico *Prosper Ménière* da tumba e desenvolveu Síndrome de Ménière em grande estilo. *Putain de merde!* Sempre gostei de pensar que nasci na França e me sentia muito francesa, mas não era para tanto. Agora, nem francês escuto. Porque agora, 25 anos depois da primeira crise, o que restou foi silêncio com barulho na cabeça – barulho que chamam de zumbido. Quem dera fosse. Zumbido é palavra fina e fraca, sem aptidão para descrever o barulho de oitenta decibéis, medido em audiometria, que me atordoa, desconcentra e me enlouquece *twenty four seven*.
    Curiosa, busquei nos barulhos do universo o meu barulho. Eis que, junto a especialistas, o encontrei

numa caixa d'água enquanto se enche de água. Na internet, há vídeos tratando do assunto – vídeos que procuram resolver o problema do tal barulho que ninguém suporta. Fui até lá para ver se encontrava um bombeiro hidráulico que desse jeito na minha cabeça, mas os canos que poderiam solucionar eram grandes demais para caberem nos meus miolos. Outro lugar onde encontrei meu barulho foi nas Cataratas do Iguaçu, sozinha no Mirante da Garganta do Diabo. Depois não sabem por que tanto berro. É berro d'água.

Essas águas já faziam parte de mim – nasci chorando com a força das cataratas. O som das águas, que não consigo chamar de zumbido, e que é resultante da enfermidade, coincide com a causa dela própria – da enfermidade –, cujo nome científico é hidropsia endolinfática: catástrofe resultante da distensão do compartimento da endolinfa, que é o líquido existente no interior do labirinto membranoso localizado na orelha interna. Nem mesmo toda a água benta do mundo seria capaz de afastar a coisa-ruim quando entra – quando aciona uma crise. O pior é que nunca se sabe quando vai entrar ou sair: é tudo uma grande surpresa.

Do nada, o ambiente ao redor do corpo começa a girar em alta velocidade. Tanta velocidade que, se um parque de diversões tentasse reproduzir tal sensação em brinquedo, seria fechado em nome da lei. É como estar dentro de um ciclone – não há o que fazer. Os ouvidos são tapados com pressão de avião em queda livre, a cabeça dói e o pescoço endurece. E óbvio, com tudo rodando, vem o enjoo: enjoo dos piores! Não há remedinho na veia que dê jeito. São jatos de vômito a distância e diarreia. É muita arte no chão, nas paredes e no teto. A pele desbota para tom verde pálido. Os olhos se reviram. Cenas do filme *O Exorcista* ilustrariam. Às vezes, me pego atônita ao encontrar a palavra vertigem sendo usada tão poeticamente por aí. Não cabe poesia em vertigem.

A única coisa legal é o diagnóstico: rápido e fácil. Bastam algumas tomografias negativas para tumor cerebral na primeira crise e pronto. Esse é o lado bom de a doença ter muitos sintomas. Ainda por cima é rara: é para poucos! É rara como meu ouvido absoluto costumava ser. E quem se importa de, depois de parar metaforicamente uma festa com entrada triunfal, parar de verdade, com saída ambulatorial? Isso sem falar no durante – no show de talentos. Porque, como minha figura não remete à personagem da Velha Surda do programa *A Praça é Nossa*, mais fácil é pensarem que a falta de conexão das minhas respostas com as perguntas é coisa de gente que paira acima dos mortais. "É artista!", explicam. "Ahh!" (suspiros).

Como não fosse suficiente, o distúrbio de nome requintado tirou de mim – tirou além de tudo que narrei – boa parte da minha acuidade visual. Mas para isso até que houve solução: meu rosto ganhou amigos inseparáveis. Ganhou óculos de lentes multifocais feitos especialmente para ele – feitos em fábrica alemã. Só que, até hoje, é um tal de ir e vir de lentes que não dão certo de primeira – mesmo com centenas de medições –, que meu nome chegou a ficar conhecido lá dentro. Não é simples, mas, como eu disse, ao menos teve solução. Não é simples por vários motivos: é astigmatismo, é falta de visão periférica, é visão dupla, é estrabismo e é fotofobia. Então é lá, e é somente lá, que se resolve toda essa confusão.

*

Enquanto isso, gozo. Gozo a perder de vista. Gozo tanto quanto lembro das coisas também – de todas elas – bem lá do começo. Lembro de tudo. Do *tudo*, devo excluir – para ser ética com a palavra – nomes próprios e sobrenomes: eles são seletivamente barrados no baile do meu notável hipocampo, a parte do cérebro que cuida das memórias. Nem golfinhos bateriam o recorde do meu hipocampo. Por causa dele, lembro de cada orgasmo – desde o primeiro, aos meus cinco aninhos.

Desde então, sigo gozando. Vou do tudo ao nada e novamente do nada ao tudo numa média de três vezes ao dia. O que, fazendo as contas e descontando tempos de catástrofes não gozadas, seriam aproximadamente cinquenta mil orgasmos até aqui – *Wow*! Mas devo confessar que, de uns tempos para cá, meus cinquenta mil tons de cinza têm ganhado pinceladas tecnológicas. Deixo, portanto, registrado meu agradecimento aos fabricantes de vibradores femininos do hoje. Refiro-me especialmente àqueles que, ao mesmo tempo, sugam e vibram meu grelinho. Nossa, como são sagazes!

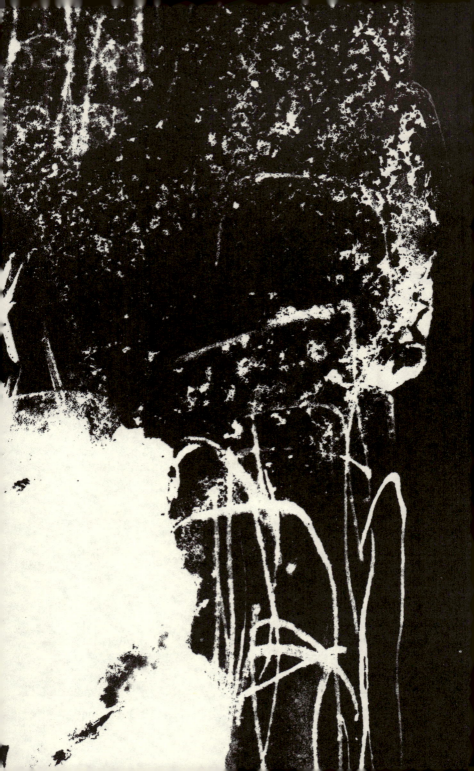

CONTAVA CARNEIRINHOS, MAS NÃO ERA PARA DORMIR. Foi numa das épocas em que cogitei tirar minha cabeça do pescoço por um tempo, para guardá-la no *gavetoeiro* – na gaveta de guardar minha cabeça quando acho que ela pode ser um bloqueio para vivências importantes. A vantagem disso é continuar recebendo vibrações do lado direito do meu cérebro, enquanto o lado esquerdo – guardado em lógica sem clareza – não percebe nada e não pode me criticar. Porém, aconteceu tudo tão rápido que não tive tempo de guardar a cabeça. Tive então que jogá-la pela janela.

Contava carneirinhos por paixão. Foi na época em que me vi abestalhada por alguém pela primeira vez na vida, e que todos os dias, bem cedo pela manhã e no meio da tarde, respondia ao "disque carneirinho" – como passei a chamar: "Laví, tem carneirinho?"; "Os carneirinhos estão para que lado?"; "Carneirinho está assim, carneirinho está assado?"; "Laví, tem muito ou pouco carneirinho?".

Ele encabeçava a lista de feras do windsurfe mundial com manobras e saltos radicais, mas não morava de frente para a praia como eu. Por isso, contava com meu boletim informativo sobre carneirinhos no mar; leia-se: ondinhas formadas pelo vento, que indicam sua característica. Só que vento é coisa que muda e ele, apesar da escolha do esporte, não gostava de mudanças. Fominha, só queria vento bom. Se de repente ficasse ruim, saía da água chutando mastro e rasgando vela. De tanto prejuízo tomarem, os patrocinadores começaram a usar a raiva do sereio-ogro como show. Era famoso não só pelos saltos mais arriscados, mas também pelas loucuras que fazia.

Saía eu da água do mar um belo dia, quando ele veio sei lá de onde e, no susto, me tirou da areia, jogando meu corpo no ombro como trouxa que se carrega. Fiquei de bunda para o alto, cara amassada nas costas dele e pernas presas pelos seus braços. "Agora já era, você é minha!", disse enquanto me subtraía da praia. Eu tentava me desvencilhar de sua força bruta, mas era em vão. Gritar não adiantaria – os banhistas iriam pensar que era brincadeira de casal jovem, bonito e bem-nascido.

Fui sentada e afivelada com cinto de segurança no banco de passageiro do carro: carro equipado com tudo que se tem direito. Foi quando, de bico fechado, finalmente pude olhar para ele. Era tanto corpo e músculo que preferi me esticar aos olhos puxados de provável descendência oriental – pequenos e difíceis. Porém, logo vi que eram simples – que eram minúsculas janelas de uma cabeça sem muitos atalhos: cabeça dura – duríssima.

Depois de enfiar o pé no acelerador a toda velocidade e sair desatinado cortando e fechando carros pelas ruas, contraditoriamente mantendo o braço direito à frente do meu corpo, como se fosse servir de *airbag*, ele disse que há anos planejava me capturar. E não estava blefando. No caminho que fez até a casa de cimento aparente onde morava com os pais e três cachorros de raça Fila brasileiro, provou que sabia muito sobre a minha vida e confessou que, além do esporte, em seus pensamentos só havia espaço para mim.

"Estou em apuros", deduzi.

Só para dar uma ideia, foi antes mesmo de chegar à casa dele e antes de desenvolver qualquer sentimento além de medo e desassossego, que decidi jogar a cabeça pela janela do carro para me aventurar. Estava a um triz de compor imageticamente a figura da carta de número zero do Tarot – O Louco. E estava prestes a cair abismo abaixo com ele – com O Louco – sendo exatamente a trouxa que ele carrega: seu único pertence além da rosa branca que entrega ao mundo como símbolo da liberdade.

Estava a um passo de cair do penhasco com ele.

Decerto ser trouxa não é das coisas que se deva ter orgulho de ser, mas havia um propósito na minha decisão súbita de me tornar aquela trouxa, de compor o desejo que nele cresceu em me carregar como única bagagem. Havia um desígnio que não era claro para mim – um que me veio em forma de sinal, do tipo que não tenho como decifrar. Talvez houvesse em meu estômago heroico a suspeita de que aquilo marcaria o início da jornada rumo à minha missão de vida.

Fui infectada pela paixão quase na mesma velocidade em que deliberadamente me lancei ao desatino. Foram necessárias apenas doses homeopáticas de reprovação social para que a paixão se instalasse como doença. Foram doses homeopáticas que logo tomaram proporções cavalares. No início foram pingadas pelos meus pais, parentes e amigos e, em seguida, disparadas em jatos por toda a cidade do Rio de Janeiro – onde nos tornamos conhecidos pelas confusões que causávamos. Digo causávamos – me incluindo – por ter permanecido de mãos atadas e por ter continuado me prestando ao papel das cenas bárbaras que a todos escandalizavam. Assim como a rota dos ventos, o foco dos olhares muda. E ele, não gostando de mudanças, virava bicho quando olhares masculinos eventualmente – e nada raro – focavam em mim.

Voava mesa, cadeira e olho. Era um salve-se quem puder.

*

Dizem que a paixão aumenta em função dos obstáculos que se lhe opõem. E, sim, somos uns merdinhas cuja vontade, nutrida pela dificuldade, torna-se cega. Mas paixão, ao menos, é coisa temporária. De alguma forma, termina: por bem ou por mal. E como por bem meu fogo não apagaria, por motivo de ausência momentânea da faculdade da razão, contava eu com o destino. Já havia previsto que ele me transportaria dali para um lugar que fizesse nexo numa outra hora. E ele – o destino – sem dó nem piedade, compareceu.

Engravidei. Embora fosse difícil de acreditar, estava mesmo grávida. Apesar de todos os métodos preventivos usados, estava grávida como havia vaticinado a vidente. Tratei então de procurar minha cabeça no local onde havia feito o arremesso pela janela do carro. Lá repousava ela: apenas empoeirada, sem uma única rachadura sequer. Casco de dezoito: novinho em folha. Joguei água fria, coloquei de volta no pescoço e pronto: sem hesitação, decidi pelo aborto.

Não imaginava filho meu com um pai inconsequente daqueles. Sem dar ciência a ele – já que não teria sua anuência e haveria confusão das grandes – parti para resolver. Mas apesar de firme, a resolução de pôr abaixo os planos do ser que decidiu crescer em mim para ser meu filho por escolha me fazia ter, pela primeira vez, o pensamento de tirar a própria vida.

Eu nunca mais seria a mesma.

Tive ao menos a sorte de ser acompanhada pelos meus pais ao melhor dos clandestinos. Ficava em Botafogo e estava cheio de mulheres aguardando com hora marcada, assim como eu, para fazer o procedimento. Como se fosse coisa corriqueira, algumas liam revistas e outras lixavam as unhas: cena que me caiu quase pior que o aborto em si.

Enquanto minhas lágrimas rolavam rosto abaixo, cogitava que elas talvez pudessem estar tentando tornar simples o que não era. Que talvez pudessem estar criando uma falsa realidade ou que talvez tivessem apenas jogado lá fora o coração. Será que eu deveria ter feito o mesmo? "Senhorita Laví!".

Era tarde demais para jogar fora o coração.

O aborto não doeu meu corpo: ele foi anestesiado. Saí um pouco fraca, desorientada e com um monte de gaze enfiada vagina adentro. Disseram-me para retirá-las depois e me deram uns remedinhos para tomar via oral. Então era aquilo: estava feito. Para sobreviver, comprei revistas e lixas de unha. Lembrava das "mulheres sem coração" e tentava imitá-las. Não parecia funcionar: seguia chorando encolhida e nem unha tinha para lixar.

Fiquei oca e o oco me esvaziou de tudo. Esvaziou-me até mesmo de sentir a inevitável separação daquele que seria o pai e que, ao tomar conhecimento do fato, posicionou-se em surto dia após dia do lado de fora da casa dos meus pais. Lembro de ter tido vontade de correr até ele, mas eu estava esvaziada. Queria agradecer pelo nosso tempo e pedir perdão, mas eu estava esvaziada e não fui. Até que, após não mais suportar meu suposto descaso e partir para socar as vidraças da casa, se cortando severamente, segundo relatos, ele se foi.

*

Uma dor excruciante me acordou no dia seguinte. Fazia uma semana do aborto. Minha barriga parecia estar sendo furada por pregos. A tortura era tamanha que, se a escala de dor existisse para além de dez, minha dor seria mil. Foi esse o dia em que ela me veio como assombração. Antes, como já havia narrado, era só cólica menstrual das piores.

Fui diagnosticada com peritonite. No hospital, uma junta médica se formava na tentativa de me salvar. Era grave. Meu peritônio – maior membrana do corpo –, responsável por fazer o revestimento da parede interior do abdômen e de todos os órgãos abdominais, estava inteiramente inflamado. E claro: a causa só poderia estar relacionada ao procedimento que fiz.

A dor veio acompanhada de febre alta e de hemorragia grave: tão grave que me levou à falta quase total de hematócritos, e fez com que o ar parecesse não chegar aos pulmões. Um desespero! Ao mesmo tempo que tratavam a anemia, faziam curetagens na tentativa de limpar a bagunça que causava o sangramento. Soube depois que haviam retirado restos infecciosos e que eu, a partir dali, estaria contando apenas com meu lado direito para engravidar. O lado esquerdo tinha sido acometido por uma hidrossalpinge – acúmulo de líquidos no interior da tuba –, deixando-a inútil. Além disso, apesar de todo o antibiótico venoso administrado, o problema desencadeou septicemia e choque circulatório: duas condições de altíssimo risco para letalidade. Contudo, após meses de internação, sobrevivi.

*

Seria com frescor – com o mesmo tanto de frescor da juventude que eu carregava nessa passagem – que eu poderia trazer minhas lembranças dramáticas, com riqueza de detalhes, para você que me lê. Mas não. Não quero te submeter a tamanha aflição. Se vivi além das expectativas, depois dessa e de tantas outras – outras que ainda enunciarei –, foi por motivo maior: algum bem que há de ser. Por isso, te escrevo.

Não que não seja para mim. É. Eu me aproveito de sua inclinação sobre minhas histórias para aprofundar em reflexões: poeiras para você assentar como bem entender. Porém, é enquanto mastigo minha vida e a endereço a você que elaboro minha transcendência. É através da linguagem em todas as formas e é através da palavra – da palavra que tão cedo me procurou – que me despeço da lagarta.

Imaginemos dançar ao redor da fogueira dos nossos ancestrais – onde a palavra começou a circular – e falemos de outra fogueira: a da Inquisição. Aquela que queimou, ainda vivos, corpos femininos submissos por desobediência ao sistema. Incrível é permanecer ainda no hoje da sociedade o imaginário do estereótipo ideal do feminino: resignado e maternal. E junto ao imaginário, a criminalização da prática do aborto.

Haja fogueira ancestral para um assunto desses! É sempre difícil para mim afirmar com precisão sobre o certo e o errado. São muitas as nuances e os atalhos da minha cabeça. Parecem não ter fim. Por isso, te entrego recortes de vida: para que você pense melhor com os seus botões ao caminhar por suas próprias encruzilhadas.

O que temos por certo é que não foi Deus quem queimou mulheres vivas. Foram homens – foi a Igreja. De novo, não foi Deus. Talvez pudesse estar nos planos d'Ele por alguma razão evolutiva – isso, talvez. Só que creditá-lo por essa e outras atrocidades feitas em seu nome me parece um tanto injusto. Nesse caso, preciso defendê-lo. Assim como você, não sei como Ele é. O que bem conheço é a força de sua presença incorporada em mim. E se você que me lê em nada acredita, aqui vai: Deus existe rapidinho em quem tem falta de ar. Em quem está quase morrendo, então, nem se fala. Ou ainda pior, quando se tem filho nessa situação. Aí, aparece santo e entidade de toda igreja e de todo céu.

Parece-me ser agora – depois de falar de Deus e dos castigos não imputados por ele – a hora para falar de autopunição. Foi de frente para o saudoso espelho de seu banheiro ao voltar do hospital, que o pobre eu dilacerado da menina ainda teve que escutar de si mesmo: "Quem mandou não jogar fora o coração, Laví, sua cadela bandida? Você não sabia que iria se castigar? Como pode ser tão burra?". Sim, a menina sempre foi dura com ela mesma. Precisava ser. Mas a mulher que sou hoje está aqui para justificar a severidade. É porque há muito poder aqui dentro: um poder sempre sabido. Impossível é saber o que vem antes: o ovo ou a galinha. Nesse caso, o que teria vindo antes? Minha vontade de tirar a própria vida, por pouco não concretizada – não tivesse eu desistido, lutando a favor de viver – ou minha previsão de mau tempo?

Seja como for, não há como evitar a polêmica acerca do poder de decisão sobre a vida de mulheres que desejam abortar por motivo qualquer que seja. A quem cabe a escolha? Quem está tirando a vida de quem em casos como o meu? Quantas mulheres padecem ou morrem em virtude de procedimentos realizados clandestinamente? Quantas não têm condições para hospitalização com equipe médica de primeira, que lhes dê talvez uma segunda chance de vida? Quem está certo, quem está errado? Poderia haver um meio-termo, um estudo de caso? Ficam as perguntas.

Apesar de raros, casos como o meu acontecem. Estou aqui pela exceção.

O medo de ser a mosca do alvo me parece ser intransponível. Como disse lá atrás, tudo em mim é exceção: na sorte e no azar. Vivo nas extremidades. Tudo que é raro – ou até mesmo impossível – dá a impressão de estar reservado para mim. O que todo mundo tem definitivamente não é para o meu bico. Procure-me naquela porcentagem mínima das probabilidades. É lá que vou estar. Talvez por isso eu tenha passado a ter horror à mosca. Ela remete ao minúsculo espaço em que a vida me acerta em cheio.

*

Dando sequência às improbabilidades, foi antes mesmo de completar quinze dias de retorno do hospital para casa – ainda com cara de moribunda – que um rapaz me conheceu numa rápida ida à rua e se declarou encantado por mim. Decerto não joguei encanto. Sequer tinha forças para pensar em macho naquele momento. Mas julgando que pudesse ser bom para me autoapertar os parafusos que ficaram frouxos depois dos estragos psicológicos, facilitei. Por sorte, ele preenchia os requisitos da minha idiota lista imaginária. Portanto, tratei de dar um *check* verdinho nos incontáveis itens. Mal sabia eu que a lista, apesar de gigantesca, era pequena. Nela não caberia meu homem: o homem que está comigo até hoje. Em nenhuma lista ele cabe.

O que eu, inconsequente, muito inconsequentemente, não calculei foi que eu não daria conta daquilo. E que prestar contas com mais alguém além de mim mesma, logo depois de ter acabado de ressuscitar, seria para lá de puxado. Eu não estava no *mood* de impressionar ou de agradar. Faltava-me energia. Mas eu – você já sabe –, eu cobro muito de mim mesma. Então, os parafusos acabaram por desafrouxar de vez. Eles foram desafrouxando à medida que eu me frustrava na impossibilidade de corresponder ao amor e à dedicação daquele homem que tanto se esforçava para me fazer feliz.

Acho que foi o medo. Foi o pavor, em verdade. Foi o pavor de imaginar o tempo como algo que estivesse correndo atrás de mim, a ponto de me atropelar, que me causou o que vou contar. Acho que foi o medo de nunca conseguir ser boa o suficiente para alguém depois do que tinha se passado comigo. Acho que foi esse medo que me causou aquilo que já sabemos que medo causa mesmo: caganeira. Tive a maior da história da humanidade.

Imagine que me veio, por cima da fraqueza que eu já portava, uma diarreia sem precedentes e sem explicação patológica. Fui revirada ao avesso mil vezes e nada foi encontrado. Até para HIV fui testada, já que tinha sido submetida a transfusões e que na época o assunto era esse. Mas a causa estava na cabeça, e me foram indicadas sessões de psicanálise. O problema é que a coisa se agravou de tal modo, que passei a morar na privada. E como ainda não existia celular para videochamada na época, o jeito foi ficar sem terapia. De qualquer forma, meu novo namorado não quis me abandonar, com titica na cabeça. Tentei enxotá-lo de lá, só que não teve jeito: sentou-se no bidê eternamente enquanto, de bunda fincada no troninho, toneladas eu cagava.

Juntos tivemos a ideia de colar, com fita durex, no box do banheiro, montes de papéis A4 com milhares de tracinhos na vertical. Cada tracinho que riscávamos com lápis era uma evacuação de excremento pastoso ou líquido que havia descido vaso abaixo. A intenção era fazer uma contagem regressiva de bosta. Por mais esquisito e repugnante que pudesse parecer, o processo funcionava. Ríamos e até vibrávamos quando tinha um despejo de cocô a menos para riscar por dia. Até que, de repente, acabaram-se os tracinhos.

Era como se estivéssemos estudando o apocalipse, à espera do fim do mundo, sem termos a menor ideia do que haveria de suceder depois dele, do fim. E enfim, o que poderia restar da nossa relação tão duplamente escatológica, mas infelizmente sem o gostinho das obscenidades pornográficas? Como limpar o benemérito título de "rapaz do bidê" da minha lembrança? Não, eu não conseguia lidar com aquela fidelidade de merda.

ERA MAIO. E eu, eu era qualquer mês. Era qualquer coisa, qualquer nota. O que viesse seria lucro e eu diria amém. Isso acontece muito com quem vê aquela famosa luz no fim do túnel. Sabe aquela luz que é vista pelos que parecem ter dificuldade de encarar a própria finitude? Não que a tivesse visto exatamente, mas vi tudo que me fez imaginar o que ela poderia ser. Tinha descido tão baixo que meu visto para a subida gloriosa – para a anábase – foi emitido e retirado na baba de Cérbero: o cão guardião do mundo inferior de Hades.

O inverno, que havia sido tão frio e de aparência tão fantasmagórica quanto a Nebulosa do Bumerangue, durou três anos. Tempo suficiente para fazer de Deus meu melhor amigo. Cheguei a prometer a Ele que jamais o abandonaria. Foi uma catábase e tanto. Eu estava magra e ainda debilitada, mas viva. Viva e agradecida por estar podendo dirigir meu carro novo em direção à faculdade que eu sequer queria cursar. Era apenas o que meu pai considerava ser o melhor para mim: Direito.

Para contrastar, lá ia minha cabeça torta. Torta e de volta às aulas depois de um longo período de trancamento de matrícula. Trancamento que, aliás, aconteceu logo no início do curso. Porém, verdade seja dita: eu não teria ficado se não estivesse vendo tudo com olhos de quem viu a tal luz. No começo, minha intenção era trocar de curso. Queria ter estudado Filosofia, Artes Plásticas, Música, Dança, Cinema ou qualquer outra coisa que me fizesse sentido. Tudo, menos Direito. Nunca acreditei na justiça dos homens.

Não era novidade para minha cabeça que ela sempre esteve longe de se encaixar em padrões de cabeça – fossem eles padrões normais ou de transtornos. Até mesmo neles – nos transtornos – não encontrei lugar para ela. Nem eu, nem os psicanalistas que quase enlouqueceram tentando me encaixar. Numa escala de cores, minha cabeça é pior que um *Flicts* transtornado. Nem na lua ela está.

Continuava não acreditando na justiça dos homens, só que naquela época não era só isso. Era como se, mais que nunca, todos estivessem falando outra língua. Alguma de um mundo bem, bem distante. Parecia-me língua nativa de povo que vaga na superfície das coisas todas ou que, no máximo, ousa arranhá-las. Mas ainda que eu falasse a língua dos homens ou até mesmo a língua dos anjos, já era sabido em Coríntios 13:1 que, sem amor, eu nada seria:

Nem era primavera, mas eu, eu era toda flores: flores baratas. Equivocadamente, como sempre, me presumiriam orquídeas, rosas, peônias, lírios, tulipas e tudo menos flores de graça pelo caminho. Eu era a singeleza mais inteira e o inteiro mais singelo. Apesar de ter cabeça torta, meu gavetoeiro, que sempre foi arrumado, nunca esteve tão em ordem. Meus valores de vida, que em sua maioria nunca estiveram em concordância com os valores da humanidade, encontravam-se todos em suas devidas gavetas: passados e dobrados. Tudo bem etiquetado.

Era mês de comemorar o amor. De comemorar noivas e mães. Não que eu me importe com datas de calendário. Muito pelo contrário: elas me causam uma ansiedade desproporcional no tentar corresponder às expectativas dos outros. E eu – minha nossa –, eu sempre fui péssima nisto: em fazer o que é esperado de mim. Fico tão nervosa que acabo estragando tudo. Por outro lado, não me canso de surpreender, surgindo do nada de *Wonder Woman* – seja apenas para dar o ar da minha graça ou para salvar o mundo do que não está previsto nas folhinhas.

Era outono, e a folhinha do meu calendário não dava pistas além das certezas inventadas pelo homem. Nada revelava sobre as folhas da estação. Por experiência própria, eu já tinha aprendido que não cairia uma folha de árvore sequer, não fosse o tempo certo de cair.

Mas irreversivelmente ansiosa, me pus a imaginar que tipo de folha cairia a seguir. Seriam folhas de trégua? Do tipo comum que geralmente não cai no meu quintal? Daquelas que fazem parecer que a vida acontece ao acaso? Ou seriam folhas de experiências traumáticas e inesquecíveis, como as que eu tinha vivido? Eu não tinha mais forças e torcia para serem folhas que me trouxessem sorte, que compensassem minha cruz e que pudessem explicar o propósito de tudo que passei. Por outro lado, estava agradecida por estar viva e por estar me dirigindo àquela entediante faculdade que em nada se parecia comigo.

*

Foi num sinal vermelho que ela caiu. A folha que me caiu de surpresa nesse outono ia muito além de qualquer hipótese que eu inquietamente conjecturava. Ela era de tal sorte, de uma sorte tamanha, que chegava a traçar linha na vida. Foi em maio de 1992, no sinal vermelho em frente à Paróquia São Francisco de Paula, na Barra da Tijuca, a caminho da faculdade em Ipanema, que ela caiu. E caiu com todas as respostas. Foi ali já no sinal vermelho que entendi o porquê de estar me submetendo a uma coisa que aparentemente não me levaria a nada. Entendi que estudar Direito foi o caminho torto para encontrar no caminho certo o amor de todas as minhas vidas.

Poderia ter sido simples como uma trombada de carro, mas não. Nossos olhares apenas se cruzaram pelo retrovisor. Eu na frente, ele atrás. Lamento dizer que qualquer coisa que eu tente descrever sobre o que senti quando vi aquele par de olhos azuis brilhando no espelho virá a ser qualquer coisa perdida na imensidão. Imensidão menor que a deles em si – a dos olhos. Será tudo menos o que senti. Creio ter sido de um arrebatamento ainda inexplorado pelo homem. Das coisas que acontecem quando se dá de cara com aquela peça de quebra-cabeça que quase todo mundo procura, mas quase nunca acha. A peça que encaixa com exatidão. Aquela que é reconhecida imediatamente como a peça de encaixe de outros carnavais. Daqueles encaixes antigos. Dos que já nem sabem viver sem encaixar.

Só que o sinal abriu. Ele seguiu e nos perdemos um do outro. E daí, uma verdadeira tragédia grega com performance de novela mexicana se deu. Quantas lágrimas derramei, aos prantos, naquele dia. O que faria eu da vida se não nos encontrássemos de novo, ó céus? Mas é claro que iríamos nos encontrar. Não seria agora, não agora, que meu condão premonitório iria falhar. De qualquer forma, a gente conhece a agonia de não aguentar o tempo das coisas. Nesse caso, então, misericórdia: só com reza forte.

*

Invoquei minha Mãe Laví e seus poderes ocultos. Fiz uns troços troçados que me vieram na hora e falei com Deus. Conversei muito com Ele. Pedi meio que não pedindo, como sempre faço. Porque sempre que digo a Ele meus quereres e minhas verdades – as que Ele já sabe –, digo também que confio em Seu taco. Digo a Ele que coloco minha vida e a da minha família em Suas mãos. E que mesmo que aparentemente dê tudo errado, e mesmo que eu esbraveje e esperneie, mesmo assim e ainda assim, estarei com Ele. Finalizei a noite escrevendo no meu diário, como de costume. Dessa vez, usei oito páginas, repetindo a frase: "Que em sete dias, meu amado seja trazido de volta! Que em sete dias, meu amado seja trazido de volta! Que em sete dias, meu amado seja trazido de volta!" e assim por diante, até o final da oitava página. Escolhi terminar com oito, porque no oito ela nunca terminaria.

Cogitei faltar à aula na manhã seguinte, mas uma força estranha me tirou da cama. Saí de casa usando um vestido balinês tipo bata, que não me valorizava em nada. Só era a coisa mais fácil de enfiar. Meus cabelos longos e indomáveis que batiam na cintura estavam mais revoltos que nunca. O pente não me viu naquela manhã. Tampouco o chuveiro. Para completar, ao sair, arranhei a testa no bougainville do jardim. Entrei no carro pressionando contra a ferida uma folha de papel-toalha que não dava conta da quantidade de sangue, deixando-o escorrer pelo rosto. Ainda por cima, com os olhos inchados de tanto chorar, mais parecia soldado que perdeu a guerra.

Não deveria ter sido com a horripilante figura desse relato imagético, mas foi. Foi exatamente assim que ele me conheceu. Nunca tinha saído de casa sem tomar um banho, ao menos. Seria Lei de Murphy aplicada ou seria a prova concreta de que nem assim – nem desgrenhada, apesar de não fedida – ele deixaria de me querer imediatamente? Fato é que nem nos mais loucos devaneios do dia anterior eu poderia imaginar que fosse ser tão rápido.

Já foi no dia seguinte e no mesmo sinal vermelho em frente à Paróquia São Francisco de Paula, na Barra da Tijuca, que nos encontramos de novo. Dessa vez, lado a lado. E ele à minha direita. Teria o trânsito do Rio de Janeiro se organizado a nosso favor? Nada entendo de cálculos de probabilidade, mas entendedores entenderão. "Se tivéssemos marcado, não teríamos nos encontrado", disse ele depois de baixar o vidro eletrônico do carro, com um ar de quem coisa nenhuma sabia sobre ser o homem mais perturbadoramente exuberante existente debaixo do sol. Ou seria ele o próprio – o Sol? Atônita com aquela cena que parecia miragem, com o que chamariam de coincidência os céticos e por estar diante de tamanha beleza, respondi com cara de quem não entendia nada de nada, um mero e surpreso "Oi?".

Éramos os primeiros da fila. O sinal abriu e os deseducados tocaram as buzinas. Unindo tudo para ganhar tempo, ele perguntou: "Não lembra que nos vimos ontem? Para onde você está indo? Posso te acompanhar?". Com o carro já em movimento e como se implorando, gritei "Ipanema!". Ele então acenou com as mãos, pedindo que eu o seguisse.

*

Passaram-se 31 anos dali: da cena histórica que faria a marcação exata de início do meu segundo ato. Achei razoável a ideia de dar uma pausa para mim mesma, assim como acontece no intervalo das peças de teatro. Por isso, só hoje, depois de seis meses, volto a escrever. Admito que colocar esse trem novamente em movimento não é tarefa simples. Ele tem mecanismos complexos e carrega coisas que se comparam, em peso, ao elemento químico ununséptio, de número 117. Os trilhos do mundo, no tempo presente, são frágeis e todo cuidado é pouco.

É maio de 2023. Foi também em maio do ano passado que a primeira página deste livro se desprendeu de mim. Ela simplesmente escorregou da minha natureza selvagem. Deslizou das minhas vísceras para o teclado do laptop. Digo primeira porque, antes, a fonte usada no meu relato infantil combinava com meu tamanho nele – no relato. Era tão pequena que se espremia em uma única página. Aconteceu em Missouri, durante uma viagem de duas comemorações: a dos trinta anos de união com o homem dos olhos azuis no retrovisor, e a da formatura universitária do nosso filho – nosso tão desejado filho –, dias antes, na Carolina do Norte.

A página surgiu depois de o destino ter afunilado as estradas da vida para lá: para um resort de golfe curiosamente indicado por mim. Era como se o lugar tivesse me escolhido, já que de golfe, pouco sei. Na intenção de agradar aos atletas, pesquisei pelo esporte sem me atentar para o resto. Só fiz questão também de verificar se o serviço de quarto funcionava 24 horas. Porque em geral, não gosto de viajar para fora de mim. Nada – nada mesmo – além disso, importava.

Foi uma surpresa chegar naquela terra virgem imaculada, intocada, preservada e deixada como herança por tribos indígenas de nativos americanos. O território de floresta densa cheirava ao silêncio e ao barulho dos bichos que estavam por toda parte: vivos ou taxidermizados. A vontade de preservar ou de no mínimo eternizar espécies da fauna ameaçadas de extinção era notória. Fiquei tão impactada que meu queixo caiu. Minha boca abriu ao tamanho da boca do urso de dois metros e meio de altura que morava no hall principal, fazendo a todos lembrar que um dia ele existiu.

A área da região era vasta. Tudo se fazia de carro ou a pé – em longas caminhadas. Esbarrar com algum hóspede do resort era coisa muito rara. Já os funcionários, esses assustavam. Eram como fantasmas: quando solicitados, apareciam subitamente, como vindos do além. Não fossem os animados jantares de música country ao vivo, do restaurante que escolhemos para quase todas as noites, poderíamos dizer que estávamos perdidos na selva. Se usei três peças de roupa, em dez dias, foi muito. Só me lembro de ter caprichado no lookinho – como dizem as blogueiras – no dia em que comemoramos, nós três, as bodas de pérolas. Fomos a um restaurante que dizem ter sido a primeira casa onde um telefone foi instalado nos Estados Unidos. Achei curioso.

Os campos de golfe da região eram de fato de primeira, e o tempo ajudava. O brilho de alegria nos dois pares de olhos que me são mais preciosos, somado ao ciclo de vida que se encerrava ali de maneira tão harmoniosa, me fazia sentir mais preenchida que todos os buraquinhos do verde que se perdia no horizonte.

Durante os intermináveis jogos, sozinha no quarto comigo, eu aproveitava para folhear o *moleskine* no qual tinha organizado pensamentos e esboçado prioridades, dias antes, deliciosamente esparramada numa *chaise* listrada da piscina do *Soho Beach House*, em Miami Beach. Foi antes de irmos para a Carolina do Norte e antes de estarmos em Missouri. Tudo parecia conspirar a favor da hora certa para tomar vergonha na cara.

Fui passear no bosque enquanto minha loba não vinha. Descalça, pulei a cerca da varanda do quarto e finquei os pés na terra. Senti que estava em casa. Não sabia para onde ir, mas segui abraçando árvores e conversando com elas. Ajoelhada, beijava suas raízes. O percurso dava forma à minha pele selvagem. Pele que sempre volta em vida, carne, osso, faro, intuição e, cada vez mais, fome.

Mais faminta que qualquer predador da floresta, arrastei uma pesada escrivaninha de época para a frente do janelão que dava de cara para a varanda. Dali, podia sentir os segredos do mundo invisível. Coloquei, junto ao *moleskine*, o laptop que havia levado. *Voilà!* Estava feita minha mesa de escritora. Antes de começar, tomei um café e fumei um cigarro. Mandei meu sinal de fumaça ao universo. Foi com despudor animal que comecei a te entregar meus instintos.

A ideia de escrever era antiga. A lembrança dos astros cochichando no meu ouvido de bebê dorminhoco recém-nascido sempre voltava à cabeça. Eles – os astros – tinham mesmo razão: senti que as palavras não sossegariam enquanto eu não desse passagem a elas. Foram precisos 53 anos e nove meses para iniciar o descarrego.

Agora, eis minhas verdades todas escarradas aqui. E agora sim, eu deveria criar vergonha na cara para voltar atrás – para dar, "com classe", um meia-volta, volver. Mas, não. Essa não seria eu. Como já disse, penso na verdade como algo cabalmente sublime. Um algo feito de beleza e dor.

*

Era 1996 e para nem tudo que viesse eu diria amém. Eu sofria de fartura. Foi um tempo em que a sensação de abundância me exauriu os sentidos. Eu não estava preparada para ela. Quem está? Conquistei tanto que parecia ter conquistado tudo. Parecia estar recebendo da vida, de volta e com juros, as partes que ela havia arrancado de mim. Macabramente, imaginava meus destroços sendo devolvidos na bandeja, um a um, como se fosse performance conceitual de desfile que envolvia alta costura, alta gastronomia e alta sociedade. Para fazer coro com a plateia, me sentia na obrigação protocolar de aplaudir a todos os restos de pé. Teria eu – logo eu – me tornado fraude do universo? Eu estava em estado de alerta. Mas, quando se parece ter tudo, o que mais se pode ter?

A idolatria pelo homem dos olhos azuis no retrovisor só crescia em mim. Era 1996 e fazia quatro anos de quando havíamos nos conhecido no sinal vermelho. A vida seguia verde e dando passagem para nosso conto de fadas. Vivíamos como se fôssemos os felizes protagonistas da mais linda e afortunada história de amor.

Foi louco como tudo aconteceu depois daquele encontro no sinal. Na noite daquele mesmo dia, eu já brincava de fazer cabaninha com as gêmeas que ele teve no casamento anterior e, na semana seguinte, ele já estava na casa dos meus pais, tentando me sequestrar para uma viagem de negócios na Rússia. A impressão que causou – como sempre acontece com meu muso – foi tão absurdamente boa, que os dois só faltaram pedir para que me levasse de vez. Mas nem foi preciso: na volta, já juntamos as trouxinhas.

Saí literalmente da merda – da que cagava aos baldes na latrina – para o período mais esplendoroso da vida: os quatro anos entre 1992 e 1996. A Roda da Fortuna havia girado com força. E, talvez por isso, eu tenha ficado atarantada de vez das ideias.

De fato, essa vida não me foi dada para experimentos banais. Não me foi apresentada como o Mundo Encantado de Walt Disney. Salvo apenas pelas montanhas-russas monumentais, que ele próprio – Walt Disney – não poderia imaginar.

Era 1996 e eu não sabia o que mais podia ter. Era maio e eu inventei. Inventei de ser mãe.

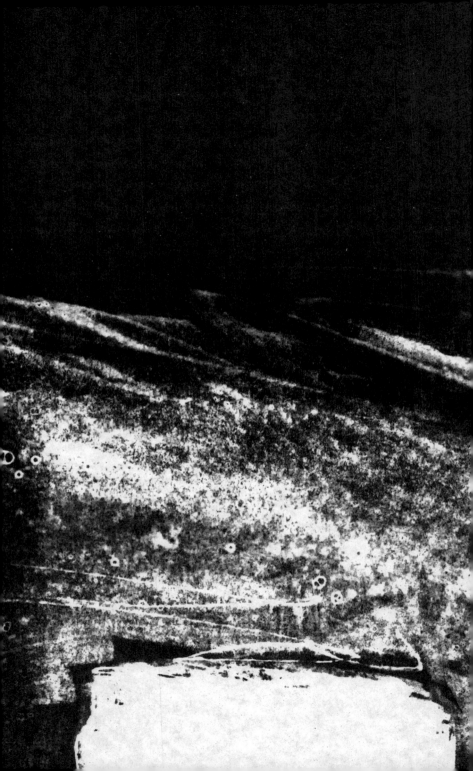

EU ESTAVA OBCECADA. Passava metade do tempo pensando em ser mãe e a outra metade também.

As enteadas gêmeas, apesar de terem dezoito anos a menos que eu, estavam mais para minhas irmãs. Quando percebi que seria impossível controlar as *partners in crime*, que eram filhas de pai recém-separado e que chegavam aos finais de semana com uma tropa de meninas, eu relaxei. Decidi me associar ao crime organizado, entrando com artilharia pesada. "É guerra? Contem comigo!" Elas não esperavam por essa, mas amaram. Nos divertíamos tanto que acabávamos as três de castigo: uma em cada quarto.

Pintava o sete, porém também cuidava delas. Isso fazia crescer em mim um instinto que não me era familiar: o materno. E daí que foi de repente, do nada, depois de nunca ter brincado de boneca – ao menos não como brincam as meninas – ou de ter tido a vontade de segurar um bebê no colo, que eu desesperadamente desejei engravidar.

Eu estava obcecada. Era 1996 e eu havia me tornado etimologicamente cega. Estava de razão obscurecida.

*

Sabia que não seria fácil. Contava apenas com um dos lados: uma trompa e um ovário. Porque o outro – para relembrar – ficou sem serventia depois da trágica bagunça do aborto no meu corpo. Mas felizmente eu estava viva. Viva e obcecada.

Foram três meses seguidos de coito programado. Era coito da lua certa, coito do dia certo e coito da hora certa. Até parecia gostar, contudo era para o Santo do Coito que eu me ajoelhava. Mas nada! Nada de dar certo. Foram três meses que me pareceram uma eternidade. Logo vi que aquele programa broxante não era para mim e que não daria liga com a minha ansiedade tirana.

Meu marido foi contra, só que eu estava, você já sabe: obcecada! Ele tentou de todas as formas tirar da minha cabeça a ideia de ir a São Paulo para iniciar o processo de fertilização in vitro. Era lá que ficava a famosa clínica do médico que, na época, era a sumidade no assunto. Ele bem que tentou, mas não conseguiu. Interessante é que até mesmo eu, depois de pisar naquele lugar e de escutar as sirenes dos meus sensores sobre o que estaria por vir, não pude voltar atrás.

O festival das aberrações começou quando o médico achou razoável indicar o procedimento sem pedir meus exames, deu-se por satisfeito com meu relato e enfatizou que seria mesmo desagradável que eu continuasse insistindo nos métodos convencionais. Mesmo percebendo que a conduta não parecia adequada e mesmo tomando ciência sobre a agressividade do tratamento e a baixa probabilidade de sucesso, permaneci. Eu me mudei sozinha para um flat próximo à clínica para iniciar o processo que, segundo ele, duraria um mês.

    Na sala principal do casarão, confortavelmente acomodavam-se as mulheres em tratamento e que iriam ser chamadas pelo nome para o que quer que fosse. Ali era um crochê só. Mas o papo girava ao redor das lamentáveis decepções: "Fulaninha já está na décima tentativa e nada, coitada". "Soube que agora vai colocar todos os embriões para ver no que dá", completou a outra. "Também já coloquei todos e não adiantou", suspirou uma terceira. "Sra. Laví!", fui chamada. Levantei com minha bolsa para seguir a enfermeira, mas antes parei para dar uma resposta. "Meu anjo, o que te traz até aqui sendo tão novinha?", uma delas perguntou, em nome das outras também. "Não sou tão novinha assim", respondi. De fato, eu parecia uma adolescente de quinze. E quem diria que aqueles 28 anos que caminhavam em direção ao corredor dos procedimentos, apesar da aparência jovial, carregavam bagagem já tão pesada?

    Ninguém precisava dos meus superpoderes de Mãe Laví para sentir a vibração daquele lugar. Ou precisava? Não posso saber o que sentiam aquelas mulheres, mas eu, eu vou te contar. Para mim, a enfermeira era como o Caronte, aquele que transportava nos rios de Hades, e o rio principal – o Estige – era o corredor. Resumindo: estávamos no submundo. Eu certamente estava. Já havia estado antes e conhecia a sensação. E a essa altura, me questionava sobre estar presa a uma ideia fixa que já entendia como perniciosa. A tal obsessão me cheirava a coisa das Moiras e tinha toda pinta de tear do destino.

Todos os dias, a programação da clínica era a mesma: de oito em oito horas, me aplicavam dolorosas injeções de estímulo hormonal. Nos dias que não eram todos os dias, me apagavam com anestesia para aspirar meus óvulos. Tinha também o dia da punheta para coleta de esperma na salinha de conteúdos pornográficos. Nesse dia, meu marido teve que comparecer. Outro dia que ele teve a presença solicitada foi quando vimos a fecundação in vitro. Pudemos observar os espermas adentrando os óvulos que me foram retirados e que, segundo qualificação do médico, eram de primeiríssima. Tinha disso.

E houve um dia muito difícil. Foi quando meu marido e eu tivemos que decidir quantos embriões implantaríamos no meu útero. Não lembro a quantidade exata de embriões perfeitos que obtivemos com cinco estrelinhas em cada um deles, mas eram muitos. Foi um sucesso, e chocamos a todos da clínica. Só que precisávamos pensar nos prós e nos contras da quantidade a ser inserida. Afinal, se optássemos por um número grande, correríamos o risco de termos gêmeos ou, até mesmo, trigêmeos. Caso contrário, as chances de um único embrião fixar seriam baixas demais. Naquela época, era assim.

Como meu marido já não tinha gostado da ideia desde o início, sugeriu apenas cinco embriões – um número baixíssimo que, pela tabela de probabilidades, mostrava que não iria dar em nada. Era chance zero. Eu tentei convencê-lo de aumentarmos o lance, mas foi em vão. Ele disse que já havia me deixado ir longe demais e me fez fechar no cinco. Sim, era uma aposta. Uma duríssima aposta.

Chegou então o dia em que os cinco embriões foram colocados no meu útero. Antes de ser adormecida, escutei, em looping, a música "Strani Amori", na voz de Renato Russo. Depois de acordada, me disseram que, a partir daquele momento, eu teria que fazer repouso absoluto e de pernas para o alto por quinze dias. E que, no término, eu deveria retornar à clínica para ver no que tinha dado. Foram dias frios, tristes e solitários no quarto do flat em São Paulo. Parecia estar à deriva em algum dos afluentes do rio Estige. Eu vagava provavelmente às margens do rio Cócito.

*

Eu estava grávida. Demasiadamente grávida. A reprodução humana assistida tinha funcionado. Porém, demais da conta. Os cinco embriões, contrariando as leis da probabilidade, grudaram em mim. Foi um choque. Foi um choque sem precedentes o momento em que tomei conhecimento de ter engravidado de cinco. E agora? O que faria eu com aquela situação? Para onde cresceriam tantas crianças em um corpo de cinturinha afunilada? E ainda que assim não fosse, como se daria esse fenômeno, não sendo eu, exceto pelo faro, uma cadela?

Voltei para o Rio de Janeiro e, em casa, me deitei prenha com as crias na barriga. Com as crias na barriga e com a antiga persecutória imagem da mosca do alvo na cabeça. Não tinha como evitar o pensamento sobre ser vítima do inimaginável. Eu me deitei sabendo que a ocorrência de quíntuplos, mesmo com ajuda tecnológica de ponta, era de apenas uma vez em cada 52 milhões de gestações. E por último – como quem prefere não refletir por não ter como remediar –, me deitei ciente do altíssimo risco de vida: dos meus filhos e do meu.

Peço licença para ser grosseira e dizer: que foda mal dada! Uma foda mal dada que só não tinha sentido literal por não ter havido a foda. Mas eu vou te contar uma coisa. Vou te contar até porque você, provável e estatisticamente, nunca passou por isso. Você nunca vai sentir, só que preciso te contar que ter cinco na barriga não é para amadores. É sentir-se num encurralamento, numa sentença velada de corredor da morte, para si e junto à prole.

Não que não tivesse esperança. Mas era me olhar no espelho, observar o espartilho apertado no qual meu corpo parecia ter sido construído, e pronto: me vinha o óbvio ao pensamento. O que já era muito difícil de se levar adiante, para mim, seria impossível. Mesmo os raríssimos casos de sucesso, assistidos repetidamente em vídeos na intenção de conservar a positividade, não me eram suficientes à lógica.

Trocando em miúdos, quanto mais tempo meu corpo aguentasse, melhor. E não é que a sábia natureza entendeu a mensagem? Eu me via esgarçando na velocidade da luz para acomodar o time. O problema é que meu tempo de apenas uma semana era equivalente ao de três meses de uma gravidez de gente. Dessa forma, projetar como seriam as semanas seguintes – ou pior, o final, a partir da primeira – não fazia bem ao estômago. Era só fechar os olhos e me imaginar em pedacinhos pelos ares, caso ninguém me tirasse dali.

Apesar de termos – digo, meu marido, minha família e eu – optado por manter o caso em sigilo, a notícia rapidamente se espalhou e virei uma aberração. Gente que nunca telefonava, telefonou, e gente que nunca aparecia, apareceu. O povo curioso queria saber de tudo. Mudando cara e entonação para soar melhor, perguntavam inclusive se eu conseguia ter relação sexual estando daquele jeito. A pergunta me ecoava tão rasa e desproporcional aos fatos que chegava a ser ofensiva. Sem paciência, eu mandava na lata: "Querida, para quem já está com tanta piroca dentro, mais uma, menos uma, não muda nada".

Sim, era só macho. E era mais um dado de estatística improvável para pôr na minha conta.

Eram cinco meninos. Cinco que, num piscar de olhos, viraram quatro. A equipe perdeu um jogador no meio da partida. Morreu e ficou estirado, no centro do gramado, entre os irmãos que precisavam continuar jogando. Peço por um minuto de silêncio para ele e peço perdão pelo modo direto que te informo sobre fatos avassaladores. A verdade é que a vida não me deu tempo para processá-los de outra forma.

Rezei pela alma do corpo morto que ficou em mim e sei lá onde tive de assolar a tristeza para prosseguir. Só sei que precisava dar conta dos quadrigêmeos que continuavam crescendo por dentro. E eles cresciam. Cresciam em todas as direções. Tinha filho na frente, dos lados e até mesmo atrás – acredite. Cresciam a ponto de me esmagarem os órgãos. Não mais sobrava espaço para realizar funções básicas do organismo ou mesmo para respirar. Cada respiro meu era um estiramento em busca de fôlego.

    E eis que, pouco antes de completar seis meses de gestação, a fita métrica que media um metro e meio de comprimento se encontrava longe de ser suficiente para enlaçar minha circunferência de um metro e oitenta. Considerando que antes minha cintura media apenas 55 centímetros, pode-se concluir que multipliquei meu tamanho por mais de três vezes nesse ínfimo espaço de tempo. Em pouco menos de seis meses, eu estava de proporções mastodônticas e grande como a lua na fase cheia.

    Não gosto da lua cheia porque minha maré sobe e, com frequência, transbordo.

*

Era noite de lua cheia tal qual a noite que hoje escrevo. Meu marido dormiu e eu, eu já não dormia há dias. Mas naquela noite, em especial, eu sentia um desconforto fora do comum. Passei a noite caminhando e respirando com dificuldade, de pernas abertas de um lado para outro, na certeza de que a hora estava chegando.

Tentava não ter raiva dos que descansavam como se nada acontecesse. Achava que meu marido, meus pais e o médico que faria o parto deveriam estar acordados comigo naquele momento. Eu simplesmente não entendia.

Só que a minha lógica – que provavelmente seria a de qualquer pessoa – também não deu as caras na manhã seguinte.

O dia clareou em vinte de dezembro, porém eu continuava invisível. Meu marido saiu para trabalhar como se o dia fosse outro qualquer. Saiu como se, no meio do caminho dele, não houvesse um Tiranossauro Rex em aflição. Foi quando entendi que eu estava refém da implacabilidade do destino e que aquele homem, naquele momento, não era meu marido. Aquele pedaço de mau caminho tinha sido abduzido. Sem alternativas, deitei. E depois de meia hora procurando por uma posição na cama, chorei. Foram lágrimas abandonadas.

Era cedo para nascerem, mas era tempo suficiente para que fossem acolhidos em incubadoras preparadas para salvá-los. Isso fazia parte do script e tínhamos tudo pré-agendado no local certo. Por isso, não me assustei quando começaram as primeiras contrações. Eram as primeiras da minha vida, só que eram claramente contrações. Elas vieram logo depois das lágrimas abandonadas.

"Bom dia, doutor. As cólicas vêm e vão, vão e vêm. Começaram bem fraquinhas e estão aumentando. Você passa aqui ou nos encontramos na clínica?", perguntei para o obstetra, por telefone, na certeza de ser uma coisa ou outra, mas achando que o correto seria que ele me buscasse em casa. Afinal, meu caso era especialíssimo e eu não devia fazer viagem de carro – ainda que de curta distância – sem acompanhamento médico. Contudo, a resposta foi surpreendente: "Laví, é normal você estar nervosa. Qualquer pessoa, no seu lugar, estaria. Toma cinco gotinhas de Rivotril e tenta relaxar". Desligou.

Seria um pesadelo? Aquilo não parecia real. Será que o médico também estava abduzido? Telefonei para o meu marido, insistindo em encontrá-lo dentro dele mesmo. "Meu amor, as contrações começaram. Liguei para o médico e ele absurdamente sugeriu que eu me acalmasse. Não tomou uma providência sequer. Dá para acreditar?!", perguntei, na expectativa de que ele fosse ficar perplexo tanto quanto eu, mas não. "Faz então o que ele recomendou. Você deve estar mesmo nervosa", respondeu calmamente o fantoche integrante daquela minha tragédia. Desliguei e chorei lágrimas agora desesperadas.

Sem dúvida, pareciam fantoches manipulados e desprovidos de controle sobre seus atos. Todos de olhos vendados. Todos, inclusive meus pais e meu irmão – pessoas para quem telefonei em seguida e que tiveram a mesma reação: absolutamente fora da casinha.

Meu pedido de socorro foi cem por cento negligenciado por todos em quem eu confiava. Tinha sido uma madrugada inteira de desconforto e um dia inteiro de dor. Foram quase 24 horas de aviso – tanto do meu corpo, quanto dos cinco corpos na barriga: dos quatro vivos e do um que estava morto.

*

Os integrantes da seita dos abduzidos chegaram todos ao mesmo tempo, às dezoito horas, para o que seria meu suposto descontrole emocional. Dava até a impressão de terem combinado o horário. Era o médico, meu marido, minha mãe, meu pai e meu irmão. Entraram todos de uma só vez no quarto em que eu – a essa altura, depois de oito horas em trabalho de parto do outro mundo – me encontrava na vinheta do show de horrores que eles foram para assistir.

Entre pernas que já não fechavam, achava-se, amplamente exibida no colchão *king size* da suíte, a minha xoxota sem calcinha. Só faltava colocar as poltronas na frente da cama e chamar o pipoqueiro. Não sei como ela se parecia, já que do tamanho que eu estava, espelho nenhum, de ângulo qualquer que fosse, dava conta de encontrá-la. Mas lá estava ela para quem quisesse ver. Deve ter sido impactante, porém apenas num flash. Porque mal chegaram todos, foi como se estourássemos – os meninos e eu – o mais exótico dos espumantes. Inesperadamente, saiu com pressão e força de jato supersônico uma rolha diretamente de dentro da minha vagina. E junto à rolha, litros de sangue para todo lado: paredes, teto e chão. O quarto ficou vermelho. Os caros integrantes da seita, idem.

Depois de tê-los recepcionado com "pompa e circunstância", esperava que me desencalhassem do colchão rubramente ensopado. Torcia para que os alienígenas, que portavam dos abduzidos os semblantes inesquecivelmente inabalados pela inusitada cena de horror, ao menos me tirassem dali, de onde eu agarrava os metais da cabeceira, a ponto de tê-los envergado pela força da dor. Da dor que competia com a fatalidade anunciada e que, por dilacerar meu raciocínio junto ao resto, adiava o sofrimento.

Enquanto friamente bolavam estratégias para me retirar da cama, do quarto e de casa, eu tentava entender o motivo do sangue no lugar do líquido amniótico e o porquê da abundância. Estariam misturados os dois? Sabia que os meninos ainda estavam vivos em mim. Mas, apesar de senti-los, o conjunto de estranhezas – todas elas – me levava a crer que haveria fatalidade. Pensei nisso enquanto, meio que carregada, passava pela frente da porta do quarto onde quatro berços aguardavam por eles. Quase avisei para que não esperassem mais.

    Fui colocada no banco de passageiro do carro do médico: banco cuidadosamente forrado com plástico e toalhas para não estragar. Minha mãe sentou-se no banco traseiro e ele dirigiu. Em outro carro, foram marido, pai e irmão. O doutor segurava o volante com a mão esquerda e com a direita – desinfetada pela minha mãe –, examinava minhas entranhas. Nossa sorte era a elasticidade do meu corpo que, mesmo com barriga do além, permitia colaborar. "Está com dilatação total", ele comunicou. "Não me diga? Achei que estivesse apenas nervosa!", o ironizei comigo mesma. Para completar, o trânsito estava engarrafado e não ajudava. "Temos uma cabeça quase para fora", ele disse depois de me examinar novamente. "Com esse engarrafamento, não vamos chegar a tempo em Laranjeiras. O jeito é irmos para a Gávea", finalizou.

    Enfim, tinha saído algo da boca daquele senhor que fazia sentido: não daria mesmo tempo de chegar aonde eles poderiam ser salvos e teríamos que arriscar a sorte. Pela lógica, seria o fim da linha. A tal clínica na Gávea não possuía incubadoras com respiradores específicos para que prematuros completassem o desenvolvimento dos pulmões. Como meus filhos poderiam sobreviver?

De fato, tínhamos – cada um de nós – uma cabeça para fora. Eu, para fora da pepeca, e eles, para fora dos miolos.

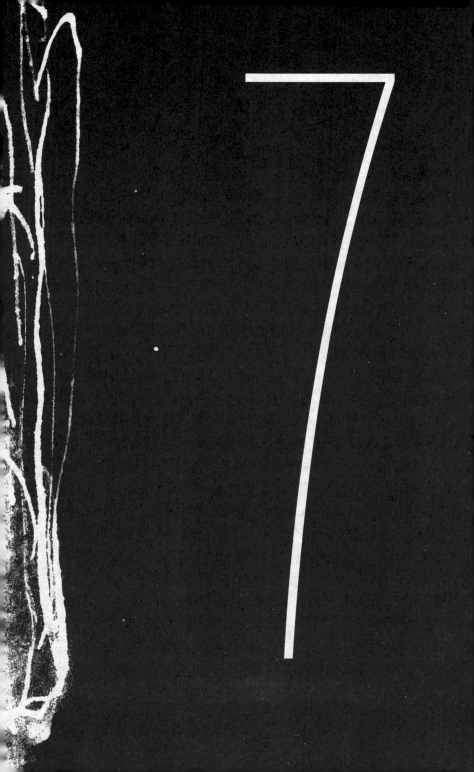

FOI A NOITE MAIS LONGA DE TODAS AS MINHAS VIDAS. Foi também a noite mais longa de todas as vidas dos que estavam presentes na sala de parto. Para contrastar, aqui no hemisfério Sul, ela antecedia a noite mais curta do ano: a do solstício de verão. Era 20 de dezembro de 1996 e, por coincidência, que existe ou não, caiu logo hoje – no dia 21 de junho de 2023 –, na noite mais longa do ano, o tempo exato para escrever sobre essa noite.

Deve ter sido por volta das oito da noite que causamos alvoroço ao darmos entrada na clínica. Minha internação não era prevista e não havia equipe preparada para lidar com a situação, no mínimo, inusitada. Médicos, enfermeiros, auxiliares e instrumentadores surgiam de branco, como se estivessem numa procissão a caminho da sala que era, provavelmente, a que abrigava o maior centro cirúrgico da clínica e, certamente, o maior que já vi.

A plateia para o espetáculo na minha genitália aumentou. A lotação estava esgotada. Assim sendo, para que um curioso vestido de branco pudesse entrar no centro cirúrgico, um outro antes teria que sair. Por cima da gigantesca barriga e entre pernas abertas, ladeadas por pés calçados de meias hospitalares sobre apoio de maca ginecológica, nenhum olho arregalado me fugia à visão. Mesmo com a meleca de lágrima e suor, que fazia grudar minha cabeleira negra à pele branca do rosto de placas vermelhas, nada me escapava.

Bem de pé na minha frente, plantava-se o caríssimo obstetra. Ele, que nunca soube o que fazer, agora, com certeza, não saberia. E como igualmente ninguém sabia, ninguém coisa alguma fazia. Em silêncio, todos aguardavam por um parto nunca antes visto: um parto normal de quadrigêmeos multivitelinos. Minha torcida de cor branca, como fazem as crianças, assim contava nos dedinhos: quatro prematuros, quatro respectivas placentas e um quinto prematuro extremo já perdido. Ao final, a torcida baixava a cabeça em sinal de luto. Porque a única certeza era a de que não poderia salvá-los por falta de equipamento.

O ápice da tortura física, psicológica e espiritual aconteceu entre oito horas e meia-noite. Durante essas quatro horas, por falta de opção, me improvisei num ratel: o mais destemido dos animais. Entendi que, naquele momento, a vida esperava que eu enfrentasse leões, leopardos, chacais, abutres, escorpiões, serpentes e seres humanos abduzidos sei lá eu por quem.

Foi sem anestesia. É difícil de acreditar, mas repito: foi sem anestesia.

Foi entre meia-noite e uma da madrugada, sem qualquer tipo de anestesia ou analgésico, que eles nasceram. Foram quatro zeros da meia noite. A menina Laví deu à luz os quatro meninos, na companhia do anjo 0000: o anjo da guarda que possibilita o recomeço e o infinito. E de fato ele – o anjo da imensurável misericórdia divina – estava em presença, bem atrás dela, na forma de mulher.

Entre meia-noite e uma da madrugada daquele dia, o tempo parou. Ao finalmente conseguir empurrar o primeiro filho para que o obstetra puxasse para fora, eu parei de sentir dor. Absurdamente, a partir daquele instante, não mais sentia meu corpo e não mais ouvia os barulhos da sala. Era como se eu estivesse assistindo a um filme sem áudio e de imagem tremida. Durante uma hora – uma hora eterna –, vi meus quatro filhos sendo retirados da pelve e sendo levados embora. Eu sequer conseguia esticar os braços para pedir que os entregassem a mim. Eu estava imóvel. Sabe quando se acorda durante um sonho e não consegue se mexer? Conhece essa sensação horrível? Era como se fosse isso, mas pior: eu sabia que não era sonho. Ou melhor, pesadelo. O que me confortava era a presença da mulher atrás da cama. O tempo todo, eu esticava o pescoço e a cabeça para trás na tentativa de manter contato visual com ela.

Depois que levaram o último menino, a mulher colocou as mãos por cima dos meus olhos e foi a última vez que a vi.

*

Fui acordada pela minha própria fala. O que foi que eu disse? Não sei. Meus ossos doíam de frio. Vi uma enfermeira embaçada e, com dificuldade, pedi por um cobertor. Aos trancos e barrancos, meu cérebro tentava engatar. O que eu estava fazendo ali? Eu me senti desamparada, mas durou pouco. A enfermeira me cobriu. Não consegui agradecer e também infelizmente o frio não passou. Fiquei ouvindo vozes de pessoas que entravam e saíam pela porta do quarto. Alguém falou para que tivessem calma.

Tomei conhecimento dos fatos por meio da minha família. Foi triste saber que aconteceu o que eu já sabia, lá de trás, que iria mesmo acontecer. A passagem desses meus quatro filhos por aqui foi breve.

Nasceram vivos e foram registrados com nomes que eu previamente havia escolhido. Vieram totalmente perfeitos, mas não ficaram por muito tempo. Seus pulmões prematuros não puderam ir em frente por conta própria.

Foram passageiros, porém marcantes. Tanto eles, quanto o médico e minha família, através de comandos extrassensoriais, foram peças valiosas no meu processo evolutivo. Nunca, em momento algum, pensei em culpar quem quer que fosse. Se tenho uma certeza, é a de que tudo acontece exatamente como é para acontecer. Não faço o tipo gratiluz, só que, de verdade – apesar dos pesares –, me sinto agradecida.

Eu precisava reagir. Não apenas pela dolorosa perda, mas para sobreviver. Mais uma vez, eu tinha ido passear no túnel para ver a luz. Além de ter perdido muito sangue, tive grave quadro de saúde relacionado às placentas imaturas e corpulentas, que mais pareciam peças inteiras de filé mignon. Como não houve tempo para cesárea – o que é loucura sem precedentes –, também não houve como limpar os pedaços enraizados do órgão. E ao não se desprenderem sozinhos, os restos infeccionaram. Sete curetagens foram feitas na tentativa de limpar o estrago. Priorizando salvar minha vida, os médicos decidiram raspar por inteiro o meu endométrio. Fiquei estéril.

Eu estava acordando após meses de internação que sucederam o parto e as notícias eram devastadoras.

Minha vontade era levantar daquele leito hospitalar para chorar, gritar e exorcizar meus demônios debaixo de uma água bem quente no chuveiro. "Como assim ainda não posso me levantar?", perguntei. "Você está fraca e precisa de mais alguns dias para se recuperar. Estamos fazendo a sua higiene. Não se preocupe", falou a enfermeira. "Fraca? Queria que ela ouvisse os berros que se encontravam prontos, como agulha da vitrola, para sair da minha garganta", concluí enquanto um enfermeiro entrava no quarto empurrando o carrinho com o meu jantar.

Meu marido tinha ficado para me acompanhar e se levantou para ajudar com a comida. Não que eu já não fosse escolada em me alimentar estando toda espetada e cheia de tubinho para todo lado, mas era muito bom sentir aquele carinho. Aparentemente, os alienígenas resolveram devolvê-lo para mim. Enquanto ele me dava as colheradas de sopa e papinhas, minhas lágrimas desciam pelo rosto. "Muito obrigada, meu amor", disse a ele depois que terminamos. Ele me ajudou, com uma técnica hospitalar, a escovar os dentes na cama e, depois de ter certeza de que eu estava bem, sentou-se novamente.

Ele nunca foi de falar muito. É do tipo que, quando fala, todos param para escutar. Porque com certeza há de sair algo de real valor. Mas na manhã seguinte, ele não estava somente quieto. Era como se estivesse incomodado com alguma situação que não devesse comentar. Desconfiando ser grave, insisti que me falasse.

E quando pensei que nenhuma notícia pior poderia vir, além de todas as que já tinha recebido, pronto: uma ainda mais estarrecedora. "Acho que foram enterrados em formol", ele disse. "Como assim?", perguntei. Foi daí que me explicou: "No dia do sepultamento, me entregaram, através de uma janelinha aqui da clínica, quatro sacos de lixo contendo, cada um deles, um dos meninos mergulhado em algum líquido. Minha cabeça estava atormentada com você entre a vida e a morte e com o carro funerário à minha espera. Quando abriram os quatro caixões brancos pequeninininhos, coloquei um saco dentro de cada. Depois, partimos para o cemitério e, assim, eles foram enterrados. Fiquei com isso na cabeça". Antes do final da última frase, eu já arrancava os acessos venosos do braço e me preparava para dar no pé.

"Nem pense em me deter. Nós vamos enterrar nossos filhos com dignidade e vai ser agora!"

*

É claro que a equipe médica tentou me impedir, mas eu estava de dar medo. Era fêmea cujos filhotes foram mortos. Animal ferino e ferido que, naquele momento, só se igualava a um ser humano por ter a capacidade de, mesmo em estado alterado, meticulosamente planejar estratégias capazes de deixar Sun Tzu no chinelo. Não era guerra, porém tinha logística de fuga hospitalar e cálculo de tudo que seria preciso para desenterrar e reenterrar meus filhos.

Por causa do formol – líquido mais provável no interior dos sacos de lixo –, eu precisaria levar tesoura, luvas hospitalares das grossas, máscaras e óculos de neve. Depois de conseguir esses objetos na forma e na velocidade de uma gincana, ainda angariei medalhas de santinhos e, da minha cunhada, quatro belíssimas mantas para embrulhá-los. Lá fui eu.

Na companhia do homem que havia retornado de vez para mim – graças à devolução dos aliens –, fui para o cemitério onde os meninos foram enterrados. A princípio, não era permitido desenterrar defuntos, só que os três coveiros que nos viram chegando ficaram tão comovidos com o relato, que nem suborno foi necessário. O túmulo situava-se no alto da montanha e, lá de baixo, a escadaria parecia não ter fim.

O calor era infernal, e do cimento saía fumaça. Minha cabeça girava, não só por causa do calor, mas porque eu estava convalescente. Juntei todas as minhas forças para subir a escada que, vista de cima, tornou-se um véu vermelho pintado pelo sangue residual que descia pelas minhas pernas por causa das curetagens. O fraldão geriátrico não foi suficiente para contê-lo. O ar me faltava, mas ainda nem tínhamos dado início ao que íamos fazer.

Depois de tirarem a terra com a pá, os rapazes ergueram os pequenos caixões. Pedi que abrissem um de cada vez, na intenção de realizar quatro cerimônias distintas. Expliquei como faríamos e, em seguida, distribuí máscaras, luvas e óculos para começarmos.

Unidos, os três coveiros seguravam o saco plástico que haviam retirado do pequeno caixão branco. Dois deles seguravam as pontas superiores, e o terceiro o segurava por baixo, apoiando o menino que estava no interior. Uniformizada e contando com meu marido como instrumentador ao meu lado, para que me passasse os utensílios nas horas certas, cortei o primeiro saco com a tesoura. Quando o plástico rompeu, meu filho ficou amparado nas mãos do rapaz e o formol se despejou no chão em grande quantidade, fritando nossos neurônios com o cheiro da química.

Precisava ser rápida. Tirei meu filho dali e olhei para ele, memorizando cada traço de sua perfeição. Disse que o amava e desejei que ficasse em paz. Eu o devolvi dentro de uma das mantas ao caixão, para que houvesse reposicionamento na cova. Repeti tudo igual, sem tirar nem pôr, com seus três irmãos. Ao fim do processo, depois de descer a escadaria, caí desacordada. Mais uma vez, despertei no hospital e só tive alta depois de quinze dias de internação.

*

Aos 28 anos, eu não era uma *Forbes under 30*. Eu era uma verdadeira e anônima super-heroína. Era assim que eu me sentia depois de ter resistido aos amassos, esmagamentos e destruições das várias idas e vindas do trator que passou, sem dó nem piedade, por cima do meu corpo. Aos 28, eu era sobrevivente de importante peritonite e de suas gravíssimas complicações adjacentes – tudo em consequência do aborto aos dezoito anos. Eu também havia superado o desarranjo de meses, que me fez praticamente definhar. Com a mesma força, tinha perdurado ao triste processo de fertilização in vitro e à complicadíssima gestação que iniciou em quíntuplos e que, depois, reduziu para quadrigêmeos. Eu me senti igualmente audaz por atender ao nascimento, à morte, ao desenterro e ao reenterro dos meus quatro filhos. Por pouco, não morri novamente depois da última internação, mas me atenho à fibra extra que manifestei para, depois disso tudo, não desistir da luta contra o diagnóstico conclusivo de esterilidade.

"Só te restam duas opções: adoção ou barriga de aluguel", afirmavam, categoricamente, os médicos.

Para ter a certeza de que a afirmação era fidedigna, me submeti a incontáveis histerossalpingografias nos três anos seguintes. Esse exame dolorosíssimo, que servia para filmar o interior da cavidade uterina e das tubas e que não deixava dúvidas sobre a qualidade das imagens, confirmava esterilidade absoluta. Meu endométrio foi raspado por inteiro e agora tinha paredes feitas como de concreto.

*

Voltei do submundo de mangas arregaçadas. Era Fênix com olhos de águia. Não cabia mimimi, tampouco melancolia. Foi logo depois do primeiro resultado irrefutável do tal exame que tratei de tomar providências. Como barriga de aluguel parecia uma ideia, já de cara, muito problemática – e eu não estava precisando de mais problemas –, entrei em duas filas de adoção no Brasil.

Ao preencher formulários, não fiz uma restrição sequer. Não escolhi gênero, cor, idade, nada, nadinha mesmo! Eu apenas queria ser mãe. Carinhosamente, recebemos – meu marido e eu – assistentes sociais em nossa casa, deixando claro o quão preparados estávamos. Mas, por mais incrível que possa parecer – e com tanto menor de idade precisando de lar –, nunca surgiu criança abandonada para ser amada por mim.

Enquanto esperava por filho adotivo – sem saber que nunca viria um –, não desistia do biológico.

Pode até parecer que era somente ali – no momento de não desistir – que acreditar no inacreditável seria minha única saída, mas não. O impossível sempre fez parte de cada segundo nosso: do seu e do meu – desde a primeira fração de segundo. Tudo aqui é milagre.

"*Porque em verdade vos afirmo que, se alguém disser a este monte: ergue-te e lança-te no mar, e não duvidar no seu coração, mas crer que se fará o que se diz, assim será com ele.*" (Bíblia Sagrada – Marcos 11:23)

Tive a ideia de enterrar na gaveta mais funda da raiz subterrânea do gavetoeiro meu avariado sagrado feminino. Assim, ele estaria absorvendo, em tempo integral, água, sais minerais e tudo mais que eu quisesse enviar para lá. Chamei a gaveta de UTI SF. Leia-se: Unidade de Tratamento Intensivo do Sagrado Feminino. A intenção era a de plantar um novo endométrio no meu útero.

O exercício de regeneração começava por uma boa faxina na gaveta. Em seguida, na rotina matinal, meu corpo era imerso em água filtrada na banheira. Enquanto eu esfregava cabeça, tronco e membros com sal grosso e pétalas de rosas brancas, deixava que espíritos de luz fizessem minha alma flutuar em seus braços e rogava, em pensamento, que me acompanhassem na missão.

Eu podia curar. Mas apesar da sensação de onisciência sobre as coisas invisíveis, eu também sabia que a tarefa não era simples e que um amparo, vindo de legião completa dos céus, seria muito bem-vindo. Por isso, me incumbi de construir um altar em homenagem à egrégora.

Coloquei sobre um aparador de madeira imagens variadas de todos os tipos de santos. Eram santos esculpidos em gesso, impressos em papéis e gravados em medalhas de prata e ouro. Havia também terços e patuás. Não havia religião, porém. Todos eram bem-vindos, desde que bem-intencionados. Velas brancas acesas e incensos depurativos intercalavam-se com as divindades. No canto direito do móvel, localizavam-se meus utensílios de trabalho. Entre eles, jarras, copos d'água, um minicaldeirão, ervas, óleos essenciais, cristais, luzes coloridas, pêndulos, cadernos e canetas.

O ritual de todo dia, extraído diretamente do meu Diário Secreto de Segredos, dava-se todas as manhãs depois de sair da banheira. Vestindo camisola branca e de frente para o local de culto, eu abria a cerimônia que, através de preces, orações, cromoterapia, alquimia e cartas de intenção, terminava em abertura de chacras, aumento vibracional e visualização de cura.

O tratamento intensivo do sagrado feminino caminhava de vento em popa, e eu me preparava para navegar em outros mares. Foram muitos anos resistindo a um clima desfavorável e tempestuoso, num mar agitado, bravo, revolto, furioso e traiçoeiro, com ressacas, ondas gigantes e tsunamis. Por mais que houvesse em mim a vontade de realizar façanha grandiosa, era por Tânatos que eu atravessava. Era hora de virar o leme na direção oposta rumo a Eros.

Para isso, a feiticeira que habita em mim teria que usar seus conhecimentos ancestrais para fazer sua jogada final, focando o cerne da questão: o desejo. Contudo, ela sabia que antes de se lambuzar, teria que dar de comer a ele – assim como fez a bruxa malvada na história de João e Maria. Daí, ela o acordaria, o erotizaria e passaria a nutrir-se dele.

O pobre coitado do desejo, depois de tudo que me aconteceu, estava ao deus-dará: magrelo e adormecido pelo sofrimento. Naquela época – se é que você me entende –, eu havia me tornado refém da mera, porém ainda grande, necessidade fisiológica. Havia buraco no estômago – que sim, era devidamente tapado –, mas não existia vontade no pensamento.

Eu estava tão devastada quanto a terra na Grécia Antiga – na época em que a minha amiga Perséfone foi raptada por Hades para viver no mundo inferior e em que o solo secou de vez pela falta que ela fazia no coração de sua mãe, Deméter. Desde que fora amargurada em consequência do rapto de sua filha, a deusa da fertilidade, da feminilidade, do plantio, da colheita, da agricultura, da natureza e dos ciclos da vida, decidiu, de vez, abandonar o Olimpo e parar as estações. Eu era como território abandonado de Deméter.

Mesmo assim, eu virava o leme rumo a Eros. Aos poucos, me via explorando lugares sórdidos e experimentando o mundo dentro dos meus pensamentos obscenos. A vida pulsava. Meu desejo ficou tão gordinho de novo, que precisei enganar minha bruxa, mostrando um graveto fino no lugar do dedo, para que ela não me colocasse no caldeirão - se é que você me entende...

Em paralelo, eu insistia no tratamento intensivo do sagrado feminino. Ele ia muito bem, obrigada. Tão bem que, virava e mexia, lá ia eu, como maníaca, a caminho de mais uma histerossalpingografia. Apesar dos berros de dor que arrancava de mim, esse exame era a única forma visível de conferir se meus esforços diários estariam surtindo efeito. Mesmo tendo ciência da irreversibilidade da situação, eu não desistia.

Durante três anos, repeti o exame quase que mensalmente, na expectativa de alguma mudança no quadro. Mas os resultados não alteravam: não havia fiapo de endométrio nas paredes da cavidade uterina para contar história. O exame invasivo sempre confirmava minha absoluta esterilidade. Ninguém entendia o motivo dos meus retornos. "Deve ser masoquista", pensavam.

*

Até que, de repente, poucos meses depois do último exame, minha barriga começou a crescer. Por causa de tudo que já relatei, não havia motivo algum para que qualquer pessoa suspeitasse de gravidez. Ou melhor, não havia motivo visível. Mas foi em nome dos invisíveis que eu pressenti. Marquei uma ultrassonografia transvaginal e pedi à minha mãe que me acompanhasse. Pedi que fosse comigo porque tive medo de sucumbir à própria emoção. Era como se eu já soubesse.

"Você está grávida!", disse a doutora.

EU ESTAVA GRÁVIDA.

A médica radiologista nada sabia da minha história e não tinha noção da força daquelas palavras. "Você está grávida!", a doutora repetiu, com sorriso no rosto, depois de ter emitido uma descarga elétrica de alta tensão na minha alma. Entre um comunicado e outro, morri e ressuscitei.

De volta à vida, estiquei a mão direita em direção à minha mãe. Ela – que além do meu marido e do resto da família, havia sido devolvida pela nave abdutora e foi minha maior aliada nos três anos de fé e regeneração – estava em pé ao lado da cadeira ginecológica. Queríamos nos abraçar, mas só podíamos nos dar as mãos. Enquanto isso e enquanto eu continuava sendo examinada, meu rosto, já em lágrimas, se contraía inteiro em resposta às emoções. Esperei o maxilar destravar minha boca para então me dirigir à médica e fazer a pergunta que não se calava em mim: "Está tudo normal, doutora?".

A pergunta era absurda em si. Como poderia estar normal o que nunca foi ou o que jamais seria? Sem fazer a menor ideia do significado da pergunta, a jovem médica respondeu: "Está tudo bem, pode ficar tranquila". Porém, eu insisti: "Está tudo *normal*?". Ela, então, foi além: "Seu endométrio, curiosamente, não aparece nas imagens, mas não tenho como explicar ou como fazer um diagnóstico. O importante é que já podemos perceber o coraçãozinho. Vou colocar para você ouvir e ficar tranquila. Preparada?".

Não, eu não estava preparada para ouvir meu filho vivendo em mim pela primeira vez. Cada batida do pequeno ponto pulsante no saco gestacional formava no meu corpo uma onda que me engolia toda – e eu me afogava. Ao vir à tona, era outra batida, outra onda e pronto: um novo caldo. E a cada retorno, eu tinha que reaprender o ato de respirar. Foi como renascer com ele: com o novo coração.

Estávamos na oitava semana de gestação: meu filho e eu. Ainda não sabia que era um menino, mas suspeitava. Desconfiava também que não seria fácil. Afinal, eu trabalhava com forças da minha reserva para lutar por uma chance única e não me perdoaria se a desperdiçasse. Eu simplesmente não podia falhar. Eu não suportaria. Não depois de tudo que vivi.

Como entender a implantação daquele embrião no meu útero, se não havia endométrio de espessura mínima que fosse, no momento do exame? Como explicar o impossível e como desistir dele? Alguém pulsava dentro de um útero desacreditado.

Eu esgotaria as forças pelo ser que me escolheu para – tal qual o Big Bang – expandir do nada um universo inteiro em mim. Eu me esvaziaria inteira para bem conduzir quem colocou limite nos saberes do mundo e calou a ciência. Eu iria até o fim de todas as linhas com ele, e simplesmente com ele: com o mais desejado dos filhos.

O milagre acontecia.

Depois de obter as imagens com sucesso, a doutora retirou o transdutor vestido de camisinha de dentro do meu canal vaginal, deixando espalhar – como sempre acontece – o excesso de gel lubrificante do lado de fora. Tratou então de limpar a bagunça com duas folhas de papel-toalha. Mas antes que eu ficasse excitada, peguei a terceira e próxima folha limpa de suas mãos para retomar o trabalho sozinha e com cautela. Aquele atiçamento não podia continuar.

Foi no instante de atrito com o papel que pensei: gozar, só daqui a nove meses! Sabe-se Deus como meu filho se pendurava por um fiapo em mim. A situação era tão desafiadora quanto escalar montanha íngreme feita de rocha e gelo. A partir dali, eu teria que aprender a arte de redirecionar os pensamentos safados que me invadiam de súbito, que me latejavam entre as pernas e que me causavam contrações uterinas. A tortura estava apenas começando. Qualquer movimentação em mim seria arriscada.

*

Soa repetitivo, eu sei. Mas sim, eu faria tudo que fosse preciso para ter meu filho comigo.

A notícia não foi comemorada de primeira. Nem tudo que vem para brilhar é. Coisas muito improváveis precisam de mais tempo para serem levadas a sério. A família e, principalmente, os médicos não entendiam o caso como algo que pudesse ir adiante. Aquela gestação de outra esfera tinha pouca ou nenhuma chance de ir em frente. O desânimo ficou estampado no rosto dos que me amavam e que já haviam sofrido, por tabela, com a minha trajetória.

Eu também tive medo – óbvio. Estava em pânico, na verdade. Ainda assim, precisei convencer a todos de que iria dar certo. Foi difícil, até mesmo, arrumar um médico que topasse o desafio. Mas quando as coisas são para ser, elas são.

O obstetra foi um verdadeiro aliado na batalha. Esteve comigo todos os dias, do início ao fim. É claro que não ao pé da letra – não ao pé da cama. Mas, no mínimo, diariamente ao telefone. Ele pensou em tudo.

Tudo e mais um pouco. Cobriu-me de todos os cuidados. Fechou o cerco.

A informação foi decantada e, aos poucos, celebrada. Dessa vez, assim como o novo doutor, minha família também não iria marcar bobeira. Pelo contrário: agora, empenhavam-se todos na missão.

Encontravam-se ali para mim e viviam aquele sonho comigo.

Meu marido, coitado – e só falando assim –, ficaria mais uns meses da vida, de novo, a ver navios. Mas quem se importaria com sexo àquela altura do campeonato? Pelo menos, ele podia resolver as necessidades fisiológicas sozinho. Já as minhas exigências orgânicas fundamentais berravam alto. Para elas, não tinha saída. Cheguei a pensar no desatino de pedir que prendessem minhas mãos com algema à cabeceira para evitar que, em estado de desespero, eu me autofriccionasse a ponto de não mais poder parar. Era um problema sério.

Entretanto, aprendi com a pandemia que as pessoas – sem muitas exceções – diriam que o pior lado da minha gestação foi exatamente o de não poder trocar de lado. Foi ter passado nove meses deitada de barriga para cima: imóvel, na mesma posição – com terríveis dores nas costas, no pescoço e no corpo todo. Exclamariam não entender como suportei um confinamento daquele tipo. Entendi que, por muito menos, elas se veriam obrigadas a correr de si mesmas.

Falariam também que o pior, depois da minha prisão à cama, era não poder rir, chorar, gargalhar, soluçar, falar alto, gritar, espirrar, tossir... enfim: nada! Pela primeira vez na vida, eu falava sem mexer os lábios e de forma pausada. Tudo para não agitar meu corpo. Qualquer coisinha de nada seria contração e expulsão do meu filho de dentro de mim.

A higiene era feita na horizontal e as necessidades, com ajuda de medicamentos, idem. Um horror! E ainda comentariam que terrível também eram as altas doses diárias de Aerolin: um conhecido remédio para asma que serve para diminuir ou impedir as contrações uterinas. Mas só quem toma conhece o tranco: mesmo com pouca quantidade, a taquicardia pode ficar assustadora. Por quase nove meses, meu coração morou na boca.

De fato, nada era gostoso. Porém, não era a primeira vez que eu via o mundo se reduzir à minha coragem diante das limitações da posição estática. Eu era marinheira de muitos mares e de muitas viagens. Além da minha experiência da gestação anterior – que não pôde ser muito diferente da que eu estava vivendo –, eu possuía a bagagem de inúmeras internações hospitalares prolongadas.

Só que agora era diferente. Havia um medo descomunal de que, depois de tudo – depois de tudo que é melhor nem repetir –, as coisas não funcionassem ao chegar ao fim da linha. Posso afirmar que, apesar das muitas suposições de quem quer que fosse, o pior de tudo – sem sombra de dúvida – era o medo.

O medo é sempre o pior de tudo.

O aparelho de ultrassonografia subia as escadas lá de casa e deslizava de rodinhas até o quarto. Era graças a ele que a esperança permanecia pousada no meu ventre, mesmo nas horas mais difíceis – nos momentos em que eu me sentia sem forças para ter fé, para continuar acreditando no invisível.

Do aparelho que vinha quinzenalmente e da médica que analisava as imagens, eu só queria a simples confirmação de que meu filho estava vivo dentro de mim. Era isso e mais nada. Mas, como eu já imaginava, era um menino. Depois de todos os meninos, era um menino. Era o menino que, se tudo corresse bem – e assim haveria de ser –, iria ficar.

E apavorada, eu implorava ao meu filho que ficasse.

Entre um "por favor, fica comigo" e um "por favor, não me abandona", eram promessas e mais promessas. Votos que me comprometiam – para muito além da conta – com um ser humano que sequer havia chegado ao mundo.

No espelho, eu não era mais o pueril monstro da siririca – apenas. Que espécie de monstro eu teria me tornado? Estaria eu ludibriando meu próprio filho ao encantá-lo com o fascínio de encontrar, aqui do lado de fora, uma supermãe?

Que tipo de expectativa eu poderia ter sobre mim mesma naquele estágio dos acontecimentos? Se antes já carregava uma montanha nas costas, agora eu empilhava uma cordilheira. Como eu poderia cumprir o que jurava ao meu já tão amado filho? Quanta imprudência!

Mesmo deitada, as rezas e os rituais continuavam. Imóvel, eu fazia o que dava para ser feito. Além de agradecer aos céus pelo milagre e de pedir – digamos, de implorar – que meu filho nascesse a termo, suplicava para que eu fosse capaz de ser tão boa para ele quanto prometia ser. Pedia por forças extras para não o decepcionar em meus deveres de mãe, ainda que exaurida física, mental e espiritualmente.

Difícil era saber qual medo era maior: o de perder ou o de ganhar e, depois, decepcionar.

Foquei o que era imediato: mantê-lo comigo a todo custo, a qualquer preço. A um preço que só pode ser pago por quem recebe, por inspiração divina, o dom da profecia ou da adivinhação. Com entusiasmo, me rendi às várias formas e etapas do martírio. Eu não ousaria desafiar o destino.

Pode parecer bobagem diante da grandeza espiritual dos fatos, mas não há como se lançar desprezo sobre a vida física e as funções do corpo humano. Portanto, não ouso negar que, entre as formas e as etapas do tormento, a agonia do gozo reprimido foi a que sobressaiu.

É mesmo horrível estar quase gozando o tempo todo e não poder chegar lá. De volta à pequena Laví, "*é* uma aflição que cresce como um espirro que não sai. Só que espirro, quando desanda, depois de uns instantes, fica tudo bem. Vontade de gozar, não! Fica aquela coisa ali – presa e causando desespero".

Tinha horas que vou te contar: com tesão de sangue quente já vermelho no rosto, eu ligava para o médico feito louca: "Doutor, pelo amor de Deus, me ajuda! Me diz o que fazer!". E ele respondia: "Coloca a TV num canal de culinária que passa". E o engraçado é que estava certo. Aos poucos – embora com certa dificuldade –, a vontade subia para o estômago.

E eu comia, comia, comia, comia... até não caber mais. Pedia à cozinheira que preparasse todas as receitas que eu via na TV e tentava me divertir com isso. Só assim o tempo passava. Com a certeza da pressão sanguínea e dos sinais vitais controlados, diante de tanta preocupação envolvida, meu peso e meu tamanho não eram assunto. Aos poucos, me tornei gigante. Fiquei grande a ponto de não mais conseguir ver as unhas dos próprios pés, que, de tão inchados, cobriram tudo de carne.

Fui libertada da cama no dia da passagem de 1999 para 2000. Foi o dia em que completei 38 semanas de gestação e que, se o parto acontecesse, estaria tudo bem. O médico então me disse: "Levanta e anda!".

*

Era o réveillon da virada do século 21. A praia, mais que nunca, estava cheia de oferendas. Meu marido me levou até lá para que eu pudesse colocar os pés na areia, olhar o horizonte e ver o pôr do sol. Na contraluz, ele fez um registro histórico da barriga titanesca.

Foi com uma ambulância estacionada de prontidão na porta de casa para situação de emergência que esperamos pela meia-noite na companhia das gêmeas. Quase tanto quanto nós, elas não viam a hora de segurar o tão esperado irmãozinho no colo. Sob estrelas e fogos de artifício, nós quatro, de mãos dadas e apertadas, nos ajoelhamos na grama do jardim. Era todo nosso aquele céu, e ao Pai dele, oramos.

Não sei se foi meu medo exagerado, o excesso de Aerolin ou se estava gostoso demais lá dentro. Mas fato é que, quando era para nascer – entre a passagem de ano e duas semanas depois –, cadê que ele queria sair? Cheguei a dançar, pular e quase plantar bananeira. Pode-se também imaginar do que mais me aproveitei para induzir as contrações (ufa!)... e nada! Eram uns chutinhos e olhe lá. Uma quietude só.

A cesárea teve que ser marcada para o dia quatorze de janeiro de 2000. Faltava pouco para ver meu filho. Um grupo de enfermeiros foi convocado para, herculeamente, me mover como baleia encalhada de uma maca hospitalar para a outra. Aquela cena me fez pensar na urgência de voltar ao meu peso antes que ele se fixasse no universo daquele jeito. Mas a hora não era de se pensar em quilos. Era muita emoção. Foi muita espera, muita reza e muita torcida. Estavam todos no hospital.

*

Eram nove horas e doze minutos de uma sexta-feira ensolarada no Rio de Janeiro quando meu filho foi retirado com sucesso de dentro do meu útero, erguido ao alto, e trazido com saúde para os meus braços.

"*Se podes!, disse Jesus. Tudo é possível ao que crê.*" (Bíblia Sagrada – Marcos 9:23)

Havia beleza em tudo naquele momento. Agradeci ao meu filho por ter vindo e o abençoei. Logo pensei em embrulhar o mundo para dar de presente a ele. Eu tinha a convicção de que meu marido – o pai da criança – iria salvá-la da péssima educação que eu certamente iria dar. Limite foi a primeira palavra que desapareceu, de uma vez por todas, do meu dicionário. Ela saiu correndo, com medo de mim, pela porta da sala de parto.

Tive que travar uma batalha com meu marido em nome da criação do nosso filho que, enquanto isso – desde muito, muito cedo –, nos observava calmamente, como quem ri dos próprios pais. Era vergonhoso! Já meus pais – os avós maternos – viraram aliados e se uniram ao "estrago da criança". Faziam verdadeiros malabarismos para agradar e, mesmo depois de advertidos pelo genro para serem mais cautelosos, penduraram uma placa na porta de casa com os seguintes dizeres: "Aqui, nosso neto pode tudo!".

Ainda que soubéssemos que toda raiz precisa aprender a descer mais fundo na terra à procura de água, ao invés de só esperar que ela caia do céu – na iminência de não cair e de, assim, acabar secando e morrendo –, não conseguíamos vencer nossos próprios corações. Eles estavam demasiadamente úmidos. Incessantemente regávamos, molhávamos e encharcávamos tudo. Daí, nossos exageros tinham que ser drenados, desidratados, absorvidos e secos pelo pai. A parte chata e difícil de ensinar sobre o valor das conquistas ficou para ele.

Não que o coração dele estivesse diferente do nosso. Eu te digo: ele é amor encarnado. É praticamente o vice de Deus. Creio que, quando o Senhor lá de cima tira férias, é ele quem assume. Há quem duvide de perfeição terrena, mas esse chegou perto. Passou por um fio. É um festival de virtudes que chega a me adentrar de maneira diabólica. Há horas em que eu o abomino de modo raivoso por – simplesmente através de sua grandiosidade – fazer eu me sentir tão baixa, tão pequena. "Deve ser difícil ser casada com esse homem", disse, certa vez, um psicanalista.

É, mas pior mesmo é o perigo da autopunição subjetiva, facilmente imputada pela cabeça que veio presa ao meu pescoço e que, certamente, teria sido decapitada na época medieval por motivo de bruxaria, ofensa contra a coroa ou ainda outros crimes. Todavia, mantenho-me firme na convicção de que as fundações e os pilares de nossas existências em muito se parecem e que não foram unidos à toa no Olimpo.

Entre mortos e feridos, meu amado Zeus e eu fizemos um bom trabalho. Tínhamos o nobre propósito de ajudar nosso filho a encontrar a felicidade e atingimos, com sucesso, a meta. Sim, ele cresceu, se tornou um grande homem e, acima de tudo, feliz.

Sendo herdeiro de genes do pai, não precisaria que eu recorresse a poderes ocultos, energizando-o com pó mágico. Mas de qualquer forma, toda vez que ele pegava no sono, ainda bebê de berço, eu dava início a uma cerimônia. Do lado de fora do quarto, pedia aos

Anjos – todos eles – que derramassem, em minhas mãos estendidas à frente e abertas para cima, pó de brilho. Era pó de todo tipo. Todos eram, por mim, intencionados de virtudes. Cada um, uma virtude diferente. Imaginei que, se eu não fosse capaz de ensiná-las, poderia ao menos doá-las. Visualizava-o detentor de um caráter admirável e de outras mil maravilhas também. Derramava então, sobre ele, pó de tudo.

*

Antes que minha pele desgrude da carne e se resseque em linhas, atesto desde já que a beleza da juventude em nada vai se alterar. Porque não foi nela em si ou tampouco no meu poder de autorregeneração que ela se fez presente em vida. Repare nela – na minha vida – e procure lembrar do que eu disse sobre a verdade.

Não sei qual é o meu segredo para manter a sensatez neste mundo sem bom juízo das coisas. Decerto, minha árvore de gavetas ajuda. Durante esta escrita, abri todas as gavetas da árvore. Eu te confesso que não foi fácil revisitar muitas delas. A grande maioria nem sequer mencionei. Escolhi o que deu. A árvore é imensa. Minha raiz é profunda: vai ao centro da Terra – lá no miolo. Os galhos sobem pela minha cabeça e batem no céu. Há uma gaveta cheia de pipas e, dentro dela, uma instrução: "Empine-as e faça-as voar alto, mas jamais solte a linha. Traga-as de volta!". Foi soltando pipa que ganhei experiência de mundo em outra dimensão.

Numa dessas empinadas, encontrei Perséfone. Cara a cara com minha amiga, percebi que o tempo – apesar de ter deslizado como areia fina por entre os dedos – foi generoso com a gente. Chegamos bem até aqui. Nossas vidas – marcadas por mergulhos que desafiaram profundezas misteriosas – nos fizeram guardiãs de relíquias. Chegamos.

Chegamos também, contudo, ao fim da nossa capacidade reprodutiva. Nossos ciclos hormonais cessaram. E, por problemas relacionados, me vi, infelizmente, obrigada a dar adeus ao meu útero. Não foi fácil: ele tinha histórias únicas para contar. Estamos um pouco velhas de idade – Perséfone e eu. Mas não a ponto de entregarmos os pontos. "Mas que pontos?!", perguntamos, ao mesmo tempo, uma à outra, soltando gargalhadas que mais pareciam abismos de nossos espíritos.

As estações do ano são as mesmas de sempre. O inverno continua quente lá embaixo. Ferve.

Desconhecemos os pontos a serem entregues. Somos fêmeas que curam. Esse legado nos foi concedido. Temos a responsabilidade de acolher a dor e de devolvê-la trabalhada. Há quem não entenda, mas precisamos manter o constante equilíbrio de um certo chacra intrínseco à energia criativa e transformadora de tudo que há no universo. Isso somente se dá pela pulsão erótica.

Minha amiga nunca me convidou para tomar chá da tarde no templo de sua mãe Deméter. Quando me vê, só pensa em aprontar. Ela disse que hoje tem festa no *underground* e que Hades – o anfitrião – convidou todo tipo de criatura. É fogo, porque a carne é fraca e, além disso, tenho boas justificativas. Como convidada de honra, tenho o direito de levar quem eu quiser. Você gostaria de ir?

Os mortos não falam...

POSFÁCIO
POR VANISA MORET SANTOS

Em *Todas as minhas mortes*, a já reconhecida e renomada artista plástica multifacetada, Paula Klien, dá início a outro lado de seu irrefreável talento, inaugurando uma escrita que surpreende logo na primeiríssima linha.

Através da personagem Laví, a autora percorre o inconsciente de uma mulher marcada em seu corpo por várias situações difíceis e, até mesmo, impossíveis de serem verbalizadas. Entretanto, corajosa, sem rodeios ou falsos pudores, Paula Klien consegue colocar em palavras os momentos em que o corpo da protagonista é atravessado por inúmeras sensações.

O início do livro já é desafiador, pois a autora descreve, em detalhes, o encontro da menina Laví com o gozo sexual na infância. Aturdido, o leitor é pego de surpresa pela crueza da cena. Além disso, é magnífico que esse recorte tão perfeitamente descrito consiga confirmar a tese freudiana sobre a existência da sexualidade infantil.

Em sua narrativa, Paula nos faz lembrar do romance *Retrato do artista quando jovem*, do escritor irlandês James Joyce que, logo na primeira página de seu livro, usa de um artifício específico para nos fazer crer que estamos ouvindo o relato de uma criança. Guardadas as diferenças geracionais e de estilo, a autora também imprime o tom infantil de uma criança nos primeiros parágrafos de seu livro, tomando o leitor como uma espécie de amigo ou amiga confidente para quem Laví relata seu primeiro orgasmo.

A autora não se acanha. Desinibida como uma criança, Laví revela ao leitor: "Toco siririca desde que me entendo por gente". É verdadeiramente genial o impacto que poderia causar em um leitor desavisado, ou "iludido" pelo título da obra, mas essa foi a forma como Paula escolheu iniciar sua narrativa sobre "todas as mortes" de Laví. Nada poderia ser mais original do que começar pela altíssima tensão sexual precocemente experimentada pela "petite" Laví em tão tenra idade. É, no entanto, através das palavras da mulher Laví que a autora consegue descrever as sensações de seu primeiro orgasmo, ou, de sua "petite mort", como dizem os franceses.

La vie en rose? Definitivamente não. Afinal, não há rosa sem espinhos. Só que a autora nos ensina que é preciso fazer arte e poesia para conseguirmos abordar os momentos que nos ultrapassam em vida. Paula dedica-se com rigor e seriedade aos temas tratados, mas sem perder o humor. Esse é o espírito do livro. A todo tempo, o leitor é capturado por um estranhamento familiar, que assusta, instiga e fascina.

Em todas as fases da vida da personagem, Paula mantém-se fiel à proposta de sua narrativa, mas é notável que, à medida que a personagem cresce, a autora vai amadurecendo suas palavras.

Sutilmente, o desconforto traçado vai crescendo, especialmente na descrição da passagem de Laví para a vida adulta. Desse momento em diante, a autora enfatiza o tom trágico de sua escrita. O tema das mortes se desdobra de forma clara, avassaladora e ainda mais direta. A autora testa a coragem do leitor de seguir adiante. Não é fácil.

Se por um lado ela vai direto ao ponto, ao mesmo tempo faz alusões a histórias e personagens da mitologia grega, à física, à química, à religião e ao misticismo, exigindo do leitor certa cultura ou, pelo menos, curiosidade suficiente para pesquisar sobre tais assuntos e tentar entender, por exemplo, como a autora atribui ao inconsciente de Laví as características do ununséptio 117, um elemento químico mais pesado do que o chumbo.

E não é só isso. Paula nos ensina que o inconsciente é estruturado como a língua materna, formada em nós, na mais tenra idade. É quase musical, pois esses sons originalmente inarticuláveis vão se transformando em palavras que voam, sensações e imagens advindas de memórias ultravívidas, que a personagem captura e guarda em seu "gavetoeiro", um modo poético de nomear o inconsciente-linguagem.

É um livro fascinante porque nos orienta sobre o real do gozo que atravessa o corpo de uma mulher desde a infância até a idade adulta, passando por momentos trágicos e perturbadores. Talvez pelo peso que a autora tenha colocado sobre o sofrimento da personagem que goza excessivamente de seu corpo, ela também tenha optado por aliviar o leitor desse pesar, injetando, aqui e ali, pequenas doses de humor, comentários banais e alguns momentos poéticos pontuais. Mas não nos iludamos! Esse refresco é temporário, pois a autora parece realmente querer atingir o leitor "na mosca"!

O inconsciente linguageiro de Laví não é sede da pulsão de morte em vertente autodestrutiva. A autora nos ensina que o inconsciente é dinâmico, pura fonte de criação. Paula equipara-o a um "gavetoeiro", arquivo inapreensível que registra e guarda suas dores, amores, dissabores, mas que não a impede de voar. São arquivos de pensamentos adestrados, de fênix com olhos de águia que sempre voltam para casa, lugar protegido, santificado e bem tratado pela arte de Paula Klien.

Como psicanalista, o que mais me captura em sua escrita é a forma como a autora descreve o sofrimento real de um corpo feminino marcado pelo encontro com o sexo e com a morte. Como mulher, o livro evoca uma espécie de solidariedade feminina universal. Os momentos que precedem e sucedem as cenas de um aborto malconduzido e as consequências nefastas disso no corpo e na mente de Laví são dilacerantes.

Daí em diante, a personagem parece tomar para si a missão de explorar o que chama de "sagrado feminino". E ela o faz com a força vital de uma Perséfone. A autora traz à cena o corpo de uma mulher com sua história singular e, ao mesmo tempo, aponta para o universal do sofrimento dos corpos femininos secularmente objetificados.

Sem piedade, a autora descreve a gestação difícil de Laví, as dores lancinantes do parto de quadrigêmeos até o momento da morte dos filhos, seguida da trágica cena em que Laví desenterra os bebês e novamente os enterra para lhes conferir um ritual fúnebre e digno a seres humanos. É uma cena brutal. Parece que estamos em um filme de Buñuel. Difícil, improvável, chocante. Mãe Laví dilacerada pesa a mão sobre as leitoras e leitores. A autora não nos poupa. Felizmente, lá vem o "gavetoeiro", injetando Eros na vida da personagem que seguirá insistindo no desejo de ser mãe. Não seria essa uma equação impossível para uma mulher cujo corpo já havia sido tão maltratado? Poderia o útero de Laví suportar outra gravidez?

Trata-se de uma leitura estranhamente fascinante que captura a quem se interessa pela conexão da literatura com a psicanálise como campos de saber afins. É uma obra que nos ensina sobre como o funcionamento do inconsciente linguageiro em seu curso pulsante pode fazer, desfazer, refazer e reinventar histórias trágicas em novas histórias de vida.

VANISA MORET SANTOS – Psicanalista, membro do Fórum da Escola de Psicanálise do Campo Lacaniano do Rio de Janeiro e professora do Curso de Especialização em Psicologia Clínica da PUC-RJ. Doutora e mestre em psicanálise, Vanisa também é graduada em Letras. Como escritora, é membro da Academia Brasileira de Poesia e colunista do *Jornal Tribuna de Petrópolis* online. Sua linha de pesquisa abrange a conexão da arte e da literatura com a psicanálise.

POR VILTO REIS

Quando todos parecemos enfeitiçados por um sonambulismo da banalidade, a arte surge como um antídoto. Afinal, os estranhamentos nos arrancam da rotina e mexem com os fantasmas que nos habitam. Mas onde encontrar esse tipo de arte tão escassa? Ela não pode ser produzida industrialmente em linhas de montagem, muito menos sem um grande sacrifício. A resposta para esta pergunta encontra-se em *Todas as minhas mortes*, de Paula Klien.

O livro *Todas as minhas mortes* é resultado de um meticuloso trabalho de construção de linguagem, que transcende o conceito de fim, tocando nas pequenas mortes que enfrentamos ao viver. A protagonista Laví parece marcada pela dança entre Eros e Thanatos, o erótico e o flerte com o findar, ambos sagrados à sua maneira. Se Freud propôs que os impulsos de vida e morte são responsáveis por grande parte dos comportamentos, nossa heroína pulveriza esses conceitos, vivendo a vida de forma visceral e obstinada.

Da infância, precoce nas questões sexuais; ao final da adolescência, quando faz um aborto; até os percalços da vida adulta, numa verdadeira epopeia para conceber seu único filho após várias gestações traumáticas, Laví desafia pressupostos e se move pelos mistérios do universo, combinando mitos gregos com ideias próprias.

A linguagem não é gratuita nem fácil, mas por que haveria de ser? Se a literatura se presta a expandir os limites das palavras para dar conta de uma história, o livro cumpre todos os requisitos. A autora transita entre o clássico e o contemporâneo com a plasticidade que só as pinceladas mais precisas oferecem.

Ao degustar a leitura, repare como cada parágrafo é um microcosmo em si, interagindo com suas partes maiores, como só a perícia no trato com as palavras propicia. As frases longas são intercaladas por ideias que se entremeiam por travessões, emulando a mente prolífica da protagonista. De forma que não resta nada que possa ser subtraído ou adicionado.

Há uma mensagem no final desta obra? O livro é sobre a vida ou a morte? Como toda boa arte, de cada linha se extrai algo diferente. É como se, ao se revelar, Laví nos revelasse. Talvez seja necessário ler e reler o livro, entregar-se a sua própria "nudez" para ver o que está além do texto.

Contudo, este é o antídoto que procuramos em tempos difíceis, uma estrela-guia na escuridão da mediocridade, um salto de fé que temos de dar se quisermos fugir de uma vida mediana. *Todas as minhas mortes* é, em parte, sobre isso. A outra parte cabe a você, leitor, desvendar.

VILTO REIS – Escritor e roteirista de quadrinhos. Autor de *Nascida para o trono*, *Fim do império* e *Um gato chamado Borges* – livro finalista do Prêmio Sesc 2015. Tem contos em antologias e revistas. Esteve à frente do Homo Literatus, da Editora Nocaute e da *Revista Pulp Fiction*. Foi jurado do Prêmio Jabuti 2022.

AGRADECIMENTOS

Ao meu filho, Bruno, por vir ao mundo, por me fazer mãe e por ser exatamente quem é. Por espalhar sorte e harmonia nos lugares por onde passa. Por ser brilhante, bem-humorado e por batizar a Laví. | Ao meu marido, Thomas, por ser a minha referência de ser humano na Terra e por, todos os dias, me ensinar a viver. | Aos dois, pelo apoio e torcida de sempre. | À minha mãe, Zizi, por ser meu elo com o Divino e por ser a grande potência que é. | Ao meu pai, Eduardo, por ser amor e exemplo de generosidade. | Ao meu irmão, Márcio, pelo companheirismo. | Às minhas enteadas, Luisa e Juliana, por serem as melhores do mundo. | Aos meus avós (i.m.), Melucha, Nylton, Genuína e Eduardo, pela imensa saudade que deixaram em mim. | À minha sogra, Edith e ao meu sogro (i.m.), Paul, pelos ensinamentos. | Aos meus filhos (i.m.), Alexandre, Fabio, Tiago e Vitor, pela rápida passagem por aqui. | Aos médicos, Dr. Fábio Cuiabano (i.m.), Dr. Arnaldo Goldenberg, Dra. Maria de Fátima Freire, Dr. Gustavo Guitmann, Dr. Jorge Spitz, Dr. José Cysne, Dr. José Roberto Garrido, Dr. Luiz Fernando Alencar, Dr. Octavio Vaz, Dr. Paulo Boechat, Dr. Paulo de Carvalho e Dr. Paulo Niemeyer Filho, por serem, na minha memória, a imagem da salvação.

Ao André Fonseca, diretor editorial da Citadel, que reconheceu o valor deste livro e resolveu publicá-lo. | À Citadel e toda sua equipe, pelo respeito ao trabalho do autor e pela excelência na produção. | Ao Eduardo Cunha, que construiu uma ponte na minha jornada até a Citadel. | Ao Alexandre Fialho, que me abriu caminhos no mercado editorial. | Ao Heitor Reis, à Maria de Fátima Freire, ao Marcos Ferreira Pires de Campos e ao Vilto Reis – primeiras pessoas a quem confiei a leitura do original e que, inspirados, escreveram espontaneamente textos sobre esta obra. | Ao Vilto, que depois da leitura de *Todas as minhas mortes*, muito incentivou a publicação, dizendo que o livro merecia ser amplamente lido. | Ao Luiz Alberto Py, pelo prefácio e à Vanisa Moret Santos, pelo posfácio. | Ao Arnaldo Goldenberg, pelo comentário que consta na quarta capa. | À Simone Ruiz, amiga que esteve ao meu lado após a leitura do manuscrito. | Aos queridos Antonio Quinet, Carolina Pernisa, Francesca Engelhart Del Posso, João Portinari, Heloisa Tolipan, Laura Ganon Serrado, Patricia Klien Vega, Patricia Toscano, Rita Mattar, Rodrigo Faria e Silva e Toni Oliveira, que também leram o original e estimularam a editoração.

Ao André Fonseca, diretor editorial da Citadel, que reconheceu o valor deste livro e resolveu publicá-lo. | À Citadel e toda sua equipe, pelo respeito ao trabalho do autor e pela excelência na produção. | Ao Eduardo Cunha, que construiu uma ponte na minha jornada até a Citadel. | Ao Alexandre Fialho, que me abriu caminhos no mercado editorial. | Ao Heitor Reis, à Maria de Fátima Freire, ao Marcos Ferreira Pires de Campos e ao Vitto Reis – primeiras pessoas a quem confiei a leitura do original e que, inspirados, escreveram espontaneamente textos sobre esta obra. | Ao Vitto, que depois da leitura de Todas as minhas mortes, muito incentivou a publicação, dizendo que o livro merecia ser amplamente lido. | Ao Luiz Alberto Py, pelo prefácio e à Vanisa Moret Santos, pelo postácio. | Ao Arnaldo Goldenberg, pelo comentário que consta na quarta capa. | À Simone Ruiz, amiga que esteve ao meu lado após a leitura do manuscrito. | Aos queridos Antonio Quinet, Carolina Pernisa, Francesca Engelhart Del Posso, João Portinari, Heloisa Tolipan, Laura Ganon Serrado, Patricia Klien Vega, Patrícia Toscano, Rita Mattar, Rodrigo Faria e Silva e Toni Oliveira, que também leram o original e estimularam a editoração.

Os oito capítulos deste livro foram
escritos em oito meses,
entre maio de 2022 e outubro de 2023

Todas as minhas mortes

Copyright © 2024 by Paula Klien

1ª edição: Abril 2024

Direitos reservados desta edição: CDG Edições e Publicações

O conteúdo desta obra é de total responsabilidade do autor e não reflete necessariamente a opinião da editora.

Autora:
Paula Klien

Preparação de texto:
Gabrielle Carvalho

Revisão:
Iracy Borges

Projeto gráfico e capa:
Mateus Valadares

Ilustração:
Paula Klien

DADOS INTERNACIONAIS DE CATALOGAÇÃO NA PUBLICAÇÃO (CIP)

Klien, Paula
  Todas as minhas mortes / Paula Klien.
— Porto Alegre : Citadel, 2024.
  176 p.

ISBN 978-65-5047-414-0

1. Ficção brasileira I. Título

24-1400   CDD B869.3

Angélica Ilacqua – Bibliotecária – CRB-8/7057

Produção editorial e distribuição:

contato@citadel.com.br
www.citadel.com.br

Livros para mudar o mundo. O seu mundo.

Para conhecer os nossos próximos lançamentos
e títulos disponíveis, acesse:

🌐 www.**citadel**.com.br

Ⓕ /**citadeleditora**

📷 @**citadeleditora**

🐦 @**citadeleditora**

▶ Citadel – Grupo Editorial

Para mais informações ou dúvidas sobre a obra,
entre em contato conosco por e-mail:

✉ contato@**citadel**.com.br